내 문장이 그렇게 유치한가요?

임정섭의

글쓰기 훈련소

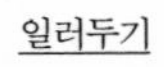

본문에서 출처가 따로 표기되지 않은 예시문은 저자가 직접 만든 문장입니다.

내 문장이 그렇게 유치한가요?

임정섭의

글쓰기 훈련소

임정섭 지음

다산초당

글에도 품격이 필요하다, 문격 훈련이 요구되는 시대

어른이 왜 아이처럼 글을 쓸까?

돌이켜보니 기적이었습니다. 뜻하지 않게 글쓰기 책을 펴낸 뒤 삶이 바뀌었습니다. 2009년 출간된 『글쓰기 훈련소』는 우리가 일상에서 쓰는 실용 글쓰기 교육의 새 장을 열었다는 평가를 받았습니다. 실질적인 노하우를 전하는 강의도 숱하게 했습니다. 그 과정은 수많은 글과 만나는 흥미로운 경험이었습니다. 한번은 고등학교에서 '컵'이라는 단어 하나를 주고 글을 쓰게 했습니다. 한 학생은 다음과 같이 썼습니다.

컵
컵 하나 깨트려
피가 홍건히

조각에 베인 걸까
마음에 베인 걸까

어디에 내놓아도 손색없는 시詩입니다. 5분 만에 시인 뺨치는 글을 쓴 겁니다. 실연당한 남자가 상처 난 손을 부여잡고 생각에 잠긴 모습이 연상됩니다.

여러 사람들의 각양각색 글을 보는 일은 글쓰기 전문가에게 큰 소득이었습니다. 안타까운 점은 대부분의 사람들이 작문을 어려워했다는 사실입니다. 어느 곳에서 강의를 해도 세 종류의 어려움이 반드시 나타났습니다. 글을 한 줄도 못 쓰거나, 한 줄만 달랑 쓰고 마는 경우는 글쓰기 기초 체력이 모자란 탓으로 볼 수 있습니다. 나머지 하나가 더욱 고민스러웠습니다. 글을 나름대로 써 내기는 하는데, 그 글이 제게 큰 의문을 던져주는 경우였습니다. **'어른이 왜 아이처럼 글을 쓸까?'** 이를테면 접속어 사용에서 '어른답지 않음'이 드러났습니다. 아이들 글에서는 '그리고'와 '그래서'라는 접속어가 자주 등장합니다. 문장과 문장을 거의 대부분 '그리고'로 연결합니다. '어쨌는데 그리고, 뭘 하다가 그리고' 하는 식입니다. 그런데 일부 성인도 마찬가지였습니다. 어른의 글인지, 아이의 글인지 구분이 가지 않았습니다. 한 예입니다.

왕자는 유리구두가 맞는 아가씨를 아내로 삼겠다고 발표했다. **그리고** 병사들이 신발 주인을 찾아 나섰다. (……) 신데렐라의 언니들에게 유리 구두를 신겨 보았으나 맞지 않았다. **그래서** 신데렐라에게 유리구두를 신겨보니 딱 맞았다. **그리고** 왕자는 신데렐라와 결혼하여 행복하게 살았다.

이 글은 다음처럼 접속어를 바꿔야 합니다.

왕자는 유리구두가 맞는 아가씨를 아내로 삼겠다고 발표했다. **그 후** 병사들이 신발 주인을 찾아 나섰다. (……) 신데렐라의 언니들에게 유리 구두를 신겨 보았으나 맞지 않았다. **반면에** 신데렐라에게는 딱 맞았다. **마침내** 왕자는 신데렐라와 결혼하여 행복하게 살았다.

'그리고' 말고도 접속어들은 많습니다. '그리고'를 다른 접속어로 바꿔주기만 해도 성인다운 글이 됩니다.

글쓰기 교육의 부재가 '어른답지 못한 글'을 만든다

어른이 왜 어른답지 못한 글을 쓸까? 이 의문은 직장이라는 치열한 삶의 현장에서도 예외 없이 떠올랐습니다. 전작 『심플』에서 언급했듯 직장인에게 글쓰기는 피할 수 없는 노동입니다. 빨리 써야 하고 잘 써야 합니다. 그런데 높은 경쟁률을 뚫고 취업한 직장인이 간단한 문서 작성에 애를 먹습니다. 석·박사 학위자가 이해하기 힘든 보고서를 냅니다. 최고 수준의 지성인이 칼럼 하나를 제대로 쓰지 못합니다. 의문을 파고들자 글쓰기 교육의 부재라는 바위를 만났습니다. 우리는 학창시절 국어시간에 문법은 배우지만 '글을 쓰는 방법'은 제대로 배우지 않습니다. 그러는 동안 글쓰기는 두려운 대상이 되고 말았습니다. 이 책은 이런 문제의식에서 출발했습니다.

우리나라의 국어교육은 주어진 글을 풀이하고, 주제를 찾고, 의미를 파악하는 소위 '언어탐구'와, 맞춤법이나 문장 바로쓰기를 강조하는 문법 중심입니다. 이것이 문제입니다. 국어교육의 핵심은 '글쓰기'가 되어야 합니다. 문법은 글의 형식을 다룹니다. 형식이 중요하지만 내용에 비할 바는 아닙니다. 문법이 좀 틀리면 어떻습니까. 일단 말하고 읽고 쓰는 행위 자체가 중요하지 않겠습니까. 문법文法을 넘어 문작文作, 즉 작문이 우선입니다.

원석은 가공 및 세공을 거쳐 팔찌나 반지, 목걸이 따위의 여러 보석 제품으로 탄생합니다. 이를 글에 비유하면 다음과 같습니다.

작문 : 원석의 생산 및 세공

문법 : 원석의 규격이나 조건

가장 중요한 건 생산입니다. 그 다음이 가공입니다. 세공은 수사학의 영역입니다. 작문교사가 마땅히 해야 할 일입니다. 하지만 우리 작문법은 수사학의 경지는커녕 제대로 된 작문을 생산하는 데도 미흡한 수준입니다. 여러분이 알고 있는 글쓰기 방법을 떠올려 보십시오. 서론 · 본론 · 결론을 나누고, 주제를 잡고, 구조를 짜고, 자료를 수집하고……. 그뿐입니다. 하다못해 일기를 어떻게 써야 하는지 배운 바가 없습니다. 하물며 보고서는 두말할 필요도 없겠지요. 글쓰기 관련 책이 시중에 쏟아져 나오게 된 배경에는 이런 현실이 자리하고 있습니다.

어른에게는 문작과 문격이 필요하다

외국과 달리 우리나라에는 수사학을 가르치는 곳이 전무합니다. 수사란 원석을 세공하는 작업, 즉 글을 다듬어서 광채를 내게 하는 과정입니다. 수사는 쉽게 말하면 장식인데, 잘하면 작품이 되지만 못하면 작품을 망칩니다. 양날의 칼입니다. 그렇다면 그 판단 기준은 무엇일까요? 아니 그보다 더 근원적인 문제가 있습니다. 좋은 글과 나쁜 글의 차이는 어디에 있는가입니다. 저는 그 기준으로 문격文格을 제시합니다. '글의 품격'입니다. 문격이 있는 글은 울림을 줍니다. 2017년 5월 10일 19대 대통령 취임식에서 문재인 대통령이 읽은 취임사에는 문격이 있습니다. 그래서 많은 이들이 공감했습니다.

> (새 정부에서) 기회는 평등할 것입니다. 과정은 공정할 것입니다. 결과는 정의로울 것입니다.

간결하고 단호하고 품위가 있지 않습니까? 취임사에 대한 자세한 분석은 본문 안에 있습니다.

이 책은 문작文作과 문격文格을 다룹니다. 글쓰기의 기본, 어른이 갖춰야 할 품격 있는 글쓰기의 묘妙, 직장인을 위한 업무용 글쓰기 방법을 담았습니다. 직장인 가운데서도 특히 문서를 통해 능력을 평가받는 공무원에게 도움이 될 실전 노하우를 공개했습니다. 15년 글쓰기 교육의 결실입니다.

『글쓰기 훈련소』를 출간한 뒤 인터넷에 〈임정섭의 글쓰기 훈련소〉(〈글쓰기 훈련소〉)라는 카페를 열었습니다. 9년 동안 230만 명이 찾았습니다. 회원 수만 1만 5천 명에 이르는 글쓰기 훈련의 도량道場으로 성장했습니다. 이 책은 글쓰기에 목말라 찾아온 사람들의 갈증과 목을 축여주던 주인장의 손바닥 우물물로 완성되었습니다.

아무리 간단한 글에도 작문법이 필요합니다. 여기에 문격을 갖추면 당신을 높일 수 있습니다. 거칠고 힘든 세상, 글을 무기로 당당하게 자신을 표현하십시오!

차 례

II 글쓰기 훈련 2단계 : 이론 학습

| 2장 | 태도 학습 : 9개의 마음만 기억하자

| 3장 | 기술 학습 : 8단계 요령이면 준비 완료

III 글쓰기 훈련 3단계 : 실전처럼 연습하자

| 4장 | 구성 연습 : 8걸음에 끝낸다

| 5장 | 장르 연습 : 9장르만 파악하면 진정한 프로가 된다

Ⅳ 글쓰기 훈련 4단계 : 글 잘 쓰는 어른에겐 특별한 습관이 있다

| 6장 | 글을 잘 쓰기 위한 8가지 습관

| 부록 | 직장인을 위한 실전 기획서 사례

당신의 최고 경쟁력이 될 글쓰기를 위하여

글쓰기 세계에는 해와 달처럼 두 개의 천체가 있습니다. 실용 글과 예술 글(혹은 문학 글)입니다. 실용 글은 해와 같고, 예술 글은 달과 같습니다. 우리는 낮에는 고된 밥벌이를 하고 밤에는 소소한 낭만을 찾습니다. 매일 직업 현장에선 컴퓨터 앞에 앉아 글쓰기 노동을 합니다. 이런 실용 글쓰기의 반대편 축에는 시와 소설 같은 예술로서의 글쓰기가 존재합니다.

둘은 일란성 쌍생아입니다. 그러나 차이가 있습니다. 예술 글이 재미와 감동을 추구한다면, 실용 글은 전달과 설득을 목표로 합니다. 형식적인 면에서도 다릅니다. 예를 들면 둘은 주어의 위치가 다릅니다. 흔히 우리는 두 문장을 연결한 형태인 중문을 많이 쓰면서, 주어를 대개 중간에 둡니다.

뜻하지 않은 사고로 아버지가 돌아가신 후 어머니는 갖은 고생을 하며 우리를 기르셨다.

이는 자주 쓰는 입말을 서술한 수필 등 예술 글쓰기에 가까운 방식입니다. 반면 보다 실용적인 글에서는 다음처럼 주어를 앞쪽에 두는 게 낫습니다. 읽기 편하고 이해하기 쉽기 때문입니다.

어머니는 뜻하지 않은 사고로 아버지를 잃으신 후 갖은 고생을 하며 우리를 기르셨다.

이처럼 둘 사이엔 간극이 있습니다. 이 점이 이 책의 포인트 중 하나입니다. 실용 글과 예술 글이란 두 장르를 비교할 수 있는 좋은 사례가 있습니다. 먼저 2017년 3월 10일 헌법재판소가 내놓은 대통령 파면 결정문의 일부를 보겠습니다.

헌법은 대통령을 포함한 모든 국가기관의 존립근거이고, 국민은 그러한 헌법을 만들어 내는 힘의 원천입니다. 재판부는 이 점을 깊이 인식하면서, 역사의 법정 앞에 서게 된 당사자의 심정으로 이 선고에 임하려 합니다.

이 글은 문학적인 언어가 전혀 없음에도 많은 국민의 마음을 흔들었습니다(물론 그 반대의 입장도 있었겠지요). 그런데 한국작가회의가 세월호 참사 1주기인 2015년 4월 16일에 내놓은 성명서는 스타일이 매우 다릅니다.

> 2014년 4월 16일, 세월호 참사 이후 1년이 지났습니다. 하지만 이곳은 아직, 깊고 어두운 물 속입니다. (……) 가족을 잃고 세상을 잃은 슬픔에 잠긴 유가족들과 함께 우리는 여전히 차갑고 캄캄한 진도 앞바다에 떠돌고 있습니다. 은폐와 회피와 모면에 암매장된 진실 때문에, 모욕과 겁박과 야유에 묵살된 생명 때문에, 이곳은 춥고 외롭고 슬프고 그립습니다.

이 글 역시 특정 목적을 위해 쓰인 실용 글입니다. 그런데도 헌재 판결문과 달리 수사의 맛이 있습니다. 문학작품처럼 아름답습니다. 헌재 판결문이 직선적이라면 세월호 성명서는 곡선적입니다. 전자는 논리적이고 후자는 감성적입니다. 그런데 두 글의 공통점이 딱 하나 있습니다. 간결하다는 점입니다. 사족이 없고, 중언부언하지 않습니다. 무엇보다 문장이 길지 않습니다.

간결함은 어른이 추구하는 글의 기본입니다. 그런데 기업이나 관공서, 학술 논문, 판결문처럼 정확하고 전문적이어야 할 글도 어른답지 못한 경우가 많습니다. 어른 글쓰기의 기본 원칙인 간결성을 지키지 않기 때문입니다. 어른의 글은 명쾌한 글, 세련된 글, 품격 있는 글입니다. 이를 위해서는 글쓰기의 법도를 알아야 합니다.

글쓰기의 기본 예법을 알고 나면 가장 중요한 문제에 부딪힙니다. 글 쓰는 방법입니다. 음식 만들기에 비유해 볼까요. 한식은 알고 보면 매우 간단한 기본 조리법 몇 가지만으로도 그럴듯하게 맛을 낼 수 있습니다. 국이나 찌개는 일단 멸치나 다시마를 넣어 국물을 내고 시작하면 됩니다. 무침의 경우엔 다진 마늘과 소금, 깨와 참기름, 고춧가루 정도만 준비하면 실패할 확률이 적습니다.

글쓰기에서도 특정 주제가 나왔을 때 **'어떤 방식으로 풀어 쓰겠다'는 기본 작법**이 필요합니다. '생선'이라는 주제가 나왔다고 합시다. 어떻게 쓸까요? 본격적으로 시작하기 전에 거쳐야 하는 질문입니다. 즉 '어떤 음식을 만들 것인가'입니다. 국을 끓일지, 구울지, 튀길지 선택해야 합니다. 글쓰기에서 이는 곧 장르를 결정하는 일입니다. 에세이를 쓸지, 설명문을 쓸지, 논술문을 쓸지 고민하고 선택해야 합니다. 그런데 대개 이 과정을 생략합니다. 생선 한 마리가 있을 때 보통은 프라이팬에 구울 생각을 합니다. 마찬가지로 생선을 소재로 한 글쓰기는 에세이가 될 공산이 큽니다. 생선에 대한 경험을 토대로 글을 쓰는 것입니다. 그러다보니 결과물이 획일적입니다.

하기야 생선을 놓고 에세이를 쓰는 일도 쉽지 않습니다. 에세이의 관건은 독자가 흥미롭게 읽을 만한 글감을 선택하는 데 있습니다. 이것이 글의 성패를 좌우합니다. 내용이 재미있으면 쓰는 기술이 별로라도 큰 문제가 없습니다. 생선이 싱싱하면 어떻게 요리를 해도 맛있는 법이니까요.

다음으로 중요한 과정은 **핵심 메시지 구축**입니다. 무슨 말을 하고 싶은지 한두 문장으로 써 놓고 시작해야 합니다. 그러지 않은 글은 '어디로 갈지 모르고 출항하는' 배가 되기 십상입니다. 저는 그 한두 문장을 **핵심 문장**이라고 정의합니다. 핵심 문장은 씨앗입니다. 공들여 키우면 우람한 나무로 성장합니다. 따라서 모든 나무 안에는 핵심 문장이라는 씨앗이 있습니다. 나무가 너무 커 버려 그 흔적을 찾을 수 없다 해도 말이죠. 핵심 문장과 완성된 글 사이에는 반드시 인과 관계가 성립합니다.

씨앗 : 나무

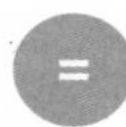

핵심 문장 : 완성된 글

씨앗이 자라 나무가 된다 : 핵심 문장이 자라 완성된 글이 된다

모든 나무에는 씨앗의 흔적이 있다 : 모든 글에는 핵심 문장이 숨어 있다

더 중요한 과정은 글을 완성한 다음 **마감하고 장식하는 작업**입니다. 구두를 닦을 때 압권은 최종 작업입니다. 구두약을 칠한 후 여러 번 닦다가, 마지막에 헝겊으로 한 번 쓱 닦으면 갑자기 광채가 납니다. 이는 곧 글쓰기에서 퇴고 과정입니다. 특히 결말 쓰기에 유의해야 합니다.

'어른 글쓰기'가 가장 필요한 곳은 직장입니다. 문학에 시나 소설 같은 장르가 있는 것처럼 직장인의 글에도 공지, 기안, 품의, 보도자료, 계획, 보고, 문제 해결, 기획이라는 장르가 있습니다. 각 장르마다 어울리는 글쓰기가 요구됩니다. 직장인을 괴롭히는 문서 작성 부담을 덜어낼 대책으로 저는 '핵심 이론'을 소개합니다. 이 핵심 이론만 익히면 직장 글쓰기의 절반은 해결됩니다.

직장 업무의 꽃은 보고서입니다. 보고서를 잘 써야 인정받습니다. 보고서는 서론, 본론, 결론 따위의 형식적 양식이나 표면적 지식만으로는 잘 쓸 수 없습니다. 중요한 건 내용입니다. 공무원이라면 보고서라는 말을 듣고 현황과 문제점, 개선안이라는 도식을 떠올리기 쉽습니다. 검토, 추진, 개선과 같은 제목의 보고서 말입니다. 하지만 보다 중요한 것은 왜 그 구조가 나오게 됐는지를 먼저 이해하는 일입니다. 보고서 역량은 궁극적으로 문제 해결 능력입니다. 과제가 주어지면 무턱대고 인터넷을 뒤질 게 아니라, 과제 자체를 먼저 분석해야 합니다. 예를 들어 보겠습니다. 한번은 모 기업에서 다음 주제로 강의를 의뢰 받았습니다.

말이 아닌 글로 설득하라

강의 주제란 강사에겐 해결 과제입니다. 강의안을 짜는 일은 한 문장의 주제를 갖고 보고서를 작성하는 일과 다르지 않습니다. '말이 아닌 글로 설득하라'는 문장에는 다음처럼 많은 전제조건이 내포돼 있습니다.

- 말이란 무엇인가?

- 글이란, 글쓰기란 무엇인가?
- 말과 글의 차이점(혹은 글이 갖는 장점)은 무엇인가?
- 설득이란 무엇인가?
- 설득의 방법은 무엇인가?
- 말보다 글이 설득에 좋은 점은 무엇인가?
- 글로 설득하는 방법은 무엇인가?

이것이 과제 분석입니다. 이를 토대로 강의안을 짭니다. 보고서도 같은 과정을 거쳐서 완성됩니다. 특히 문제 해결 보고서에서는 문제 혹은 과제에 대한 논리적 사고를 어떻게 하느냐가 관건입니다. 해결책은 문제점을 분석하는 데서 나오기 때문입니다. 덧붙여 창의적 기획력이 있으면 금상첨화입니다. 직장인이 마땅히 갖춰야 할 역량입니다. 이 덕목을 갖추면 두려울 게 없습니다. 모든 직장 업무의 종착역은 글쓰기입니다. 아무리 말을 잘해도, 아무리 발표를 잘해도, 아무리 거창한 아이디어가 있어도 글로 표현할 수 없다면 쓸모가 없습니다.

그렇다면 글쓰기 훈련은 어떻게 해야 할까요. 답은 '생각의 확장'입니다. 글은 머리에서 나옵니다. 따라서 근원적으로 생각의 근육을 키워야 합니다. 팔 굽혀 펴기, 누워서 다리 들기, 턱걸이, 윗몸 일으키기 같은 운동을 해 보셨는지요? 처음 시작할 때는 참 힘듭니다. 그러나 하루 이틀 횟수가 늘어나면서 쉬워집니다. 근육 덕분입니다. 몸의 근육처럼 생각에도 근육이 붙습니다. 매일 생각 근육을 다져야 문제 해결 능력과 창의력을 기를 수 있습니다.

책의 구성은 다음과 같습니다. 1부는 어른답지 못한 글쓰기 사례를 통해 우리 글쓰기 현실을 짚습니다. 2부는 어른다운 글쓰기를 할 수 있는 방법을 전합니다. 누구나 쉽게 익힐 수 있는 글쓰기 핵심 이론과 실제 적용 사례를 제시합니다. 3부는 직장인에 특화된 글쓰기 특강입니다. 강의 현장에서 15년간 축적한, 직장인 글쓰기 노하우를 처음으로 공개합니다. 실전에 바로 활용할 수 있는 업무용 글쓰기의 왕도를 알려 드립니다. 4부는 초보부터 중급자까지, 글쓰기 실력을 늘리는 데 유용한 일상의 훈련 방법을 다룹니다. 일상에서 쓰는 많은 글을 사례로 삼았습니다. 아파트 입구 게시판에 붙은 안내부터 상품 설명서, 기업 보고서, 판결문까지 생활 속에서 마주하는 글들입니다.

저는 평소 다음과 같이 주장합니다. **"앞으로 글쓰기는 영어보다 더 큰 경쟁력이 될 것이다."** 이에 공감할지 아닐지는 각자의 몫일 테지요. 그런데 직장에서 영어를 많이 쓰십니까, '글'을 많이 쓰십니까? 당신의 일상에 답이 있습니다.

I

글쓰기 훈련 1단계 :

오답 노트

글쓰기가 어렵게 느껴진다면 이는 실제로 어렵기 때문이다.
인간의 행위 중 가장 어려운 일 중 하나가 글쓰기다.

— 윌리엄 진서(미국의 저널리스트이자 에세이스트, 글쓰기 고전 『글쓰기 생각쓰기』의 저자)

1장

7유형의 실패한 글에서 배운다

오답 노트는 모든 공부의 기초다.

글쓰기에서도 마찬가지다.

본격적으로 글을 쓰기 전 꼭 짚고 넘어가야 할 실수를

글 유형별로 분석한다.

'어른이'의 에세이

어릴 적 우리는 일기를 쓰면서 글쓰기를 시작합니다. 그러다 초등학생이 되면 독후감을 많이 씁니다. 그런데 일기나 독후감이 좋지 않은 글쓰기 습관을 배게 하는 측면이 있습니다. 가장 대표적인 예는 '나'라는 주어의 사용입니다. 일기를 쓸 때 '나는'이라는 말을 쓰지 않는 게 좋다는 말을 들었을 것입니다. 하지만 어른이 되어서도 '나는'을 남용하는 사람이 적지 않습니다. 막상 빼려고 하면 잘 안 됩니다. 꼭 써야 할 듯 여겨집니다. 제가 운영하는 〈글쓰기 훈련소〉 수강생의 글을 예로 들어 설명하겠습니다.

나는 놀부가 안타깝고 불쌍한 생각이 들었다. 대부분 놀부가 욕심 부려 벌을 받았다고 생각한다. 하지만 내가 보기엔 놀부의 입장에선 자신이 피땀 흘려 모은 재물들을 한순간에 잃은 것이다.

이 글에서 '나는'이나 '내가 보기엔'이라는 말은 불필요합니다. '생각하다'라는 표현도 그렇습니다. 또 다른 수강생의 글을 보지요.

◆ 성공한 사람들은 삶의 목표를 반드시 정하라고 말합니다. 제가 하고 싶은 이야기도 똑같다고 생각합니다. 기준을 정하지 않고 무조건 달려 나가는 것은 급격한 체력소모를 초래한다고 생각합니다. 그러니 가능한 목표를 세우는 것이 좋습니다.

한 단락 정도의 글에 '생각하다'라는 표현이 두 군데 등장합니다. 물론 생각을 표현했으니 누가 시비를 걸 수 있겠습니까. 하지만 '생각하다'라는 말 역시 자주 쓰면 좋지 않습니다. 왜냐하면 그 단어를 씀으로 인해 다른 어휘를 쓸 기회를 잃어버리기 때문입니다. 다음처럼 생각을 곧장 표현하는 쪽이 훨씬 좋습니다.

…› 성공한 사람들은 반드시 삶의 목표를 정하라고 말합니다. 맞습니다. 기준을 정하지 않고 무조건 달려 나가는 것은 급격한 체력소모만을 초래합니다. 그러니 가능한 목표를 세우는 쪽이 좋습니다.

글쓰기는 기본적으로 생각의 표현입니다. 글쓰기는 '생각하다'라는 동사가 만들어내는 연주 같은 것입니다. 따라서 생각이란 단어와 분리시키기 힘듭니다. 그러나 글을 잘 쓰는 사람들은 표현을 달리 씁니다. '나는'과 '생각하다'라는 표현은 초등학생이 쓴 글처럼 보이게 하니까요. 비슷한 습관으로 구어체적 표현이 있습니다. 누군가에게 말하듯이 구어 투로 글을 쓰는 관행입니다. 아래는 초등학생의 글입니다.

> 어제 9시 반쯤에 끝나서 친구랑 얘기하던 도중에 PC방을 가게 됐고, 11시까지만 하려고 했지만 한판만 더하려다가 그 판이 40분을 끌었고, 끝내려다가 친구가 돈이 없어서 카운터 아저씨에게 외상을 부탁하다가 시간을 끌었고 PC방에 찾아온 엄마랑 만났다.

아마 부모 중엔 이 글을 읽고 '어쩌면 이렇게 우리 집 아이랑 똑같을까' 하며 무릎을 탁 칠 분들도 있을 것입니다. 그렇습니다. 아이들은 문장을 끊지 않고 이어가는 경우가 많습니다. 문제는 어른이 되어서도 마찬가지라는 사실입니다. 지인이 SNS에 쓴 글입니다.

> 재작년 이맘때에 어느 여학생이 아버지가 하시는 일이 어렵게 되어 집안 형편이 어렵다고 집안일 도운다고 조기 취업까지 하고 울먹이며 말하던 모습에 수업 끝나고 집도 같은 방향이라 몇 번 태워도 주고 했는데 내가 어떻게 도와줄 수 없나하며 고민도 많이 했습니다.

한 문장의 길이가 원고지 한 장에 육박합니다. 글을 길게 쓰면 어른의 글도 아이의 글처럼 느껴집니다. 물론 그에 앞서서 읽기부터가 힘들지요. 다음 역시 구어체적 표현입니다.

◆ 글의 구조가 무슨 말이냐 하면, 글을 설계하는 것이라고 생각하는 것이다. 그런데 설계는 전문적인 사람이 하는 분야로 인식되어 구조란 말도 매우 어렵게 느껴진다.

이 글에서 '무슨 말이냐 하면'이나 '전문적인 사람이 하는 분야' 따위가 구어체입니다. 이 글을 문어체로 바꾸면 이렇습니다.

⋯› 글의 구조란 무엇인가. 보통 구조를 설계와 동일하게 본다. 그런데 설계는 전문영역이어서 구조란 단어 역시 매우 어렵게 느껴진다.

다음은 서울대학교 홈페이지에서 본 글입니다. '내 인생을 바꾼 여행 경험' 공개강연회를 연다는 안내 팸플릿입니다.

> 위 강연은 「지리교과 논리 및 논술」 강의의 일부분으로서 이루어지는 것이나, 공개로 운영할 예정이므로, 수강생은 누이, 오빠, 친구, 어머니, 아버지, 이웃할머니, 할아버지, 누구나 초청할 수 있으며, 수강생으로부터 초청 받지 않은 사람도 나이, 성별, 직업, 국적에 관계없이, 원하는 분은 와서 들을 수 있습니다.[1]

---

1 서울대학교 홈페이지, '내 인생을 바꾼 여행 경험' 강연회 소개글, 2016년 9월 19일

이 글 역시 비슷한 맥락의 글입니다. 아마 간결하게 썼다면 좀 더 품위 있게 보였을 겁니다. 글쓰기 초보는 대개 글을 편하게 씁니다. 특히 일기는 혼자 보는 글이어서 내키는 대로 씁니다. 글에 오자가 있어도, 문장이 어색해도 아무 문제가 없습니다. 그러나 일기가 아닌, 타인에게 읽히는 글이라면 주의를 기울여야 합니다.

홍보 못 하는 홍보문

이른바 '땅콩 회항' 사건이 화제가 된 적이 있습니다. 대한항공 부사장이던 조현아 씨가 기내에서 물의를 일으킨 사건입니다. 조 씨는 견과류인 마카다미아를 접시에 담아 가져오지 않았다는 이유로 무리한 언행을 일삼아 눈총을 샀습니다. 며칠 후 주요 신문에 대한항공의 사과문이 실렸습니다. 그런데 그 내용이 자기변명에 그쳐 빈축을 샀습니다. 하지만 글쓰기 관점에서 보면 또 다른 문제가 있습니다. 사과문 내용을 간추리면 다음과 같습니다.

◆ 1. 승객 분들께 불편을 끼쳐드려 사과드립니다.
2. 대한항공 임원들은 항공기 탑승 시 기내 서비스와 안전에 대한 점

검의 의무가 있습니다. 사무장을 하기시킨 이유는 최고 서비스와 안전을 추구해야 할 사무장이 담당 부사장의 지적에도 불구하고 규정과 절차를 무시했다는 점, 매뉴얼조차 제대로 사용하지 못하고 변명과 거짓으로 적당히 둘러댔다는 점을 들어 조 부사장이 사무장의 자질을 문제 삼았고, 기장이 하기 조치한 것입니다.[2]

2번 글은 문법적으로 틀린 문장입니다. 문장의 주어와 술어가 서로 맞지 않습니다. 주어는 '사무장을 하기시킨 이유'입니다. 보통 이 문장은 '때문이다'와 호응합니다. 글에는 주어에 대한 술어가 실종되어 있습니다. 다음처럼 써야 옳습니다.

⋯› 사무장을 하기시킨 이유는 최고 서비스와 안전을 추구해야 할 사무장이 담당 부사장의 지적에도 불구하고 규정과 절차를 무시했고, 매뉴얼조차 제대로 사용하지 못하고 변명과 거짓으로 적당히 둘러댔기 때문입니다. 이 점을 들어 조 부사장이 사무장의 자질을 문제 삼은 것입니다.

주술 호응은 글쓰기의 기본입니다. 그런데 공공기관이 쓴 알림문이나 공문을 보면 주술 호응이 틀린 글이 종종 눈에 띕니다. 정읍역에 있는, 정읍 구절초 축제에 관한 글을 볼까요.

---

2 「[전문]조종사 노조원 "개X같은 소리"…대한항공 사과문 조목조목 비판」, 《경향신문》, 2014년 12월 9일자

음력 9월 9일이 되면 아홉 마디가 된다 하여 구절초라 불리는 꽃 구절초. 옥정호 구절초 테마공원은 구절초가 야트막한 언덕 위 소나무 숲 사이로 동산 하나를 하얗게 덮어버리는 장관을 볼 수 있다.[3]

두 번째 문장의 주어는 옥정호 구절초 테마공원인데, 문장 뒷부분에 가서는 '관람객'이 주어가 되는 술어로 바뀌었습니다. 이 글을 쓴 이는 제법 수준 있는 문학적 수사까지 구사합니다. 그러나 주술 관계가 맞지 않는 문장이 전체 글을 망쳤습니다. 한마디로 스타일을 구긴 겁니다. 좋은 글이 실수 하나 때문에 얼룩질 수 있습니다. 아래 글은 한 시민단체가 쓴 '감정노동 종사자를 생각하는 착한소비문화 캠페인'의 홍보문구입니다. 감정노동자의 정의를 서술하고 있습니다.

감정노동이란 다른 사람을 위해 자신의 감정을 규제하는 행위, 고객을 중시하는 직종에 근무하는 직업군을 개인의 감정보다 고객의 감정을 존중한다고 해서 '감정노동자'라고 부릅니다. 사람을 대하는 일이면 모두 감정노동이지만, 그 중에 특별히 마켓이나 콜센터 등 판매나 서비스업에 종사하는 이들을 일컫는 말입니다.[4]

첫 문장이 이상하지요. 주어는 '감정노동'이지만 술어는 '감정노동자

3 정읍시 홈페이지, 옥정호 구절초 테마공원 소개글
4 2014년 6월 3일 녹색소비자연대 홈페이지, 슬로건 공모 당선작 발표

라고 부릅니다'로 끝났습니다. 어법이 틀렸습니다. 감정노동을 먼저 서술한 다음 감정노동자를 서술했어야 합니다. 이 글들을 쓴 사람은 성인이며 홍보팀 직원일 겁니다. 늘 글을 쓰는 사람입니다. 그런데도 비문을 쓰는 이유가 무엇일까요? 아마 단순 실수겠지요. 그러나 독자는 실수로 받아들이지 않고, 글쓰기 실력에 문제가 있다고 판단합니다. 그러니 조심해야지요. 이런 실수가 나오는 데는 두 가지 이유가 있습니다. 하나는 부주의한 탓입니다. 실수는 털털한 성격이나 건망증 때문에 나올 수 있습니다. 자신에게 엄격하지 못해서 생기는 현상입니다. 또 다른 원인은 문장을 길게 쓰는 버릇에 있습니다. 문장이 길면 엉킬 수 있습니다.

감성 과잉 공지문

다음은 국립국어원에서 나온 안내문입니다.

◆ 봄 향기가 그윽한 계절입니다.
싱그러운 봄 햇살을 닮은 부드러운 미소와 살랑살랑 봄바람을 닮은 따뜻한 말결에 있는 사람들과 함께 누릴 때 우리 말과 글의 가치는 높아집니다.
'바른 언어', 고운 언어, 품격 있는 언어로 문화융성의 토대인 우리의 말과 글을 더욱 빛나게 하고 모두가 행복해질 수 있는 방안을 마련하는 언어문화개선 토론회에 참석하시어 자리를 빛내 주시기 바랍니다.

잘 쓴 글입니다. 둘째 문장에서 글을 쓴 이가 상당한 공을 들였다는 사실을 짐작할 수 있지요. 그런데 다음처럼 소박하게 쓰면 어떨까요?

⋯→ 봄 향기가 그윽한 계절입니다.
싱그러운 이 계절에 언어문화개선 토론회가 열립니다. 바른 언어, 고운 언어, 품격 있는 언어의 방안을 마련하는 이 행사에 참석하시어 자리를 빛내 주시기 바랍니다.

아무 문제가 없습니다. 둘의 차이는 꾸밈말에 있습니다. 앞의 글에는 수사修辭가 많지요. 바쁜 직장인이라면 뒤 글처럼 해도 무방합니다. 여기 비교하기 좋은 글이 하나 있습니다. 지난 정부에서 2013년 11월 개최한 '국민통합 공감토론회'의 안내장입니다. 이 글은 군더더기 없이 깔끔합니다.

언어는 소통과 공감의 매개체로서 국민통합의 기본이며 시작입니다. 하지만, 우리 사회의 언어 현실은 사회지도층의 막말, 사이버상의 언어폭력, 저품격 방송언어의 남발, 청소년의 과도한 욕설 등으로 서로에게 상처를 주고 갈등을 심화시키고 있습니다.
갈등과 상처보다는 존중과 배려의 언어문화로 사회적 소통을 촉진하고 국민통합의 토대를 마련하기 위해 각 분야의 전문가들과 일반 국민들을 모시고 우리사회 언어문화 개선을 위한 소중한 의견을 나누는 자리를 준비했습니다.

— 국민대통합위원회, '국민통합 공감토론회' 안내장

글을 쓰는 사람은 아름다운 문장을 동경합니다. 빼어난 문장과 멋진 표현은 눈을 즐겁게 합니다. 다음 글은 얼마나 재미있습니까.

> 그 말을 듣자 벌에 쏘인 살갗처럼 분노가 시뻘겋게 부풀어 올랐다.

다음 글도 참 멋집니다. 봄의 경이로움을 참 잘 표현한 글입니다.

> 봄은 돌연하고 믿을 수 없는 부활을 가져다준다. 모든 세포를 들끓게 하여 타는 듯한 욕구와 번갯불 같은 감정, 지울 수 없는 생명의 용솟음을 낳는다. 봄은 딱딱한 나무들의 겉껍질을 터지게 만들고 견고한 청동의 표면에 금가게 만든다. 수도원의 나무 그늘에서는 수도사를, 방의 장막 뒤에서는 처녀를, 학교의 걸상 위에서는 어린이를, 아픈 무릎 근육 밑에서는 노인을 떨게 만든다.
>
> — 앙리 프레데릭 아미엘, 『아미엘의 일기』

멋진 글을 동경하다보니 일상에서 쓰는 글을 문학적으로 쓰려는 경향이 강합니다. 불필요하게 치장하려는 버릇이 그렇습니다. 예를 들면 다음과 같은 문장이라고 할까요.

- 숫돌에 갓 벼린 듯이 날이 선 문장 속에 작가의 단호한 의지가 알알이 맺혀 있는 것 같다.

— 〈글쓰기 훈련소〉 수강생의 글

글쎄요. 다음 문장 정도면 되지 않겠습니까.

···› 날선 문장 속에 작가의 의지가 선연하다.

작가가 쓰는 문학적인 글과 일반인이 쓰는 실용적인 글은 다릅니다. 여기에서 잠깐 글의 갈래를 살펴보겠습니다. 예술 글과 실용 글은 문학적인 글, 비문학적인 글로 나눠도 무방합니다.

Point **글의 갈래**

예술 글 : 시, 소설, 평론, 시나리오(문학적인 글)
실용 글 : 보고서, 공지 글, 이메일, 자기소개서, 설명서(비문학적인 글)

편지와 에세이, 서평(독후감)은 예술 글과 실용 글의 경계에 있다고 볼 수 있습니다. 실용 글을 문학적으로 쓴다면 예술적 글의 장르에 들어갈 수 있습니다. 우리가 일상에서 쓰는 실용 글쓰기는 학창시절 국어시간에 배운 문학적 글쓰기와 다른 어법을 사용합니다. 보통 소설에서 기대하는 바는 작게는 재미와 즐거움에서부터 감정이입, 위안, 현실인식, 깨달음, 구원까지 다양합니다. 이를 위해 저마다의 문장과 인물, 전개, 복선, 결말을 준비합니다.

문학의 목표가 감동이나 재미, 카타르시스, 존재의 성찰, 구원, 사회적 인식 따위라면 실용 글의 목표는 단 하나, 메시지 전달입니다. 상대가 용건을 쉽게 이해하도록 쓰는 것입니다. 공자도 '글이란 자신의 의사를 전달할 따름'이라고 했습니다. 일상에서 쓰는 실용 글에서는 '어떻게 저런 글을 쓸 수 있을까' 싶은 꾸밈이 오히려 공연한 수고가 될 수 있습니다.

한편으로 소설의 세계는 자유롭습니다. 소설 속에서는 어떤 일도 가능합니다. 주제 사라마구(1922~2010)의 소설 『눈 먼 자들의 도시』가 그 한 예인데 언뜻 읽으면 몹시 불편합니다. 책에는 마침표와 쉼표 외에는 문장부호가 없습니다.

> 내가 눈이 먼 다음에 다른 사람이 된다면, 내가 어떻게 그이를 계속 사랑할 수 있을까, 무슨 감정으로 그를 사랑할까, 전에 우리가 볼 수 있었을 때도 눈이 먼 사람이 있었잖아요. 지금과 비교하면 거의 없었다고 할 수 있지, 일반적인 감정은 볼 수 있는 사람의 감정이었고, 따라서 눈 먼 사람들도 눈먼 사람들의 감정이 아니라 성한 사람들의 감정을 가지고 있었어, 그런데 이제 눈먼 사람들의 진짜 감정들이 분명하게 나타나고 있어, 아직도 시작일 뿐이야.
>
> — 주제 사라마구, 『눈 먼 자들의 도시』

중복 표현도 그렇습니다. 문학적 글쓰기에서야 중복은 당연히 가능합니다. 아니, 가능한 정도를 넘어 글의 주제를 강조하는 동시에 문학성을 높이는 장치로도 활용됩니다. 이는 시에서 특히 주제 의식과 운율을 살리는 기법으로 쓰입니다. 한용운 님의 「님의 침묵」을 보십시오.

읽으면 얼마나 리듬감이 있습니까.

> 님은 갔습니다 아아 사랑하는 나의 님은 갔습니다 푸른 산빛을 깨치고 단풍나무 숲을 향하여 난 작은 길을 걸어서 차마 떨치고 갔습니다
>
> — 한용운, 「님의 침묵」

그러나 실용 글쓰기에서 중복 표현은 장황해 보이고, 중언부언하는 듯 보여 좋지 않습니다.

해독 불가 번역문

> 번역은 외과수술에 비할 수 있을 만큼 고통스러운 작업이다. 번역가는 문장을 가르고 의미를 잘라내며 언어유희를 이식하고, 큰 것을 잘게 부수며 끊어진 것을 동여맨다. 때로는 정확성을 기하려다가 오히려 본 뜻을 해치고 왜곡하기도 한다.
>
> — 에릭 오르세나, 『두 해 여름』[5]

소설 『두 해 여름』에 나오는 구절입니다. 한 번역가가 외딴 섬에서 블라디미르 나보코프(1899~1977)의 소설 『에이다 또는 아더Ada or Ardor』를 번역하면서 겪는 이야기를 담았습니다. 주인공이 번역가인

5 '두 해 여름… 명작 번역가의 괴로움', 《동아일보》, 2004년 7월 30일자

셈입니다. 프랑스어로 '번역하다traduire'란 동사는 '건너게 해 주다traducere'란 라틴어에서 유래했습니다. 번역가는 '언어의 나루를 건너게 해 주는 뱃사공'입니다. 그러나 번역은 때로 우리를 혼란의 바다에 빠트립니다.

책을 많이 읽거나, 글쓰기에 관심이 있는 이들은 외국 서적을 읽으면서 번역의 문제점을 체감합니다. 우리가 어떤 책을 읽었을 때 잘 이해가 가지 않거나 아리송할 경우, 대부분은 번역의 문제일 확률이 높습니다. 흔히 거론되는 의역과 직역의 문제가 아닙니다. 일부 책은 애매모호하고 난해한 글로 이뤄져 있습니다. 다음 글을 보지요.

◆ 이 책은 '창조적으로 생각하기'에 관한 책이다. 모든 분야에서 창조적 사고는 언어로 표현되기 전부터 나타나며, 논리학이나 언어학 법칙이 작동하기 전에 감정과 직관, 이미지와 몸의 느낌을 통해 그 존재를 드러낸다. 창조적 사고의 결과로 나오는 개념은 공식적인 의사 전달 시스템, 이를테면 말이나 방정식, 그림, 음악, 등으로 변환될 수 있다.

— 로버트 루트번스타인·미셸 루트번스타인, 『생각의 탄생』

'언어학 법칙, 작동, 존재를 드러낸다'와 같은 표현이 글을 어렵게 만들고 있습니다. 동시에 '언어로 표현되기 전'이란 말과 '언어학 법칙이 작동하기 전'은 똑같은 말입니다. 동어반복입니다. 세 번째 문장에서 '그 결과로 나오는 개념'이란 주어와 '변환될 수 있다'란 술어의 상응관계도 틀렸습니다. 보다 쉽게 고쳐 볼까요.

··· 이 책은 '창조적으로 생각하기'에 관한 책이다. 모든 분야에서 창조적 사고는 논리나 언어로 표현되기 전에 감정과 직관, 이미지와 몸의 느낌을 통해 나타난다. 그 결과로 나오는 개념은 공식적인 의사 전달 시스템, 이를테면 말이나 방정식, 그림, 음악 등이다.

현재 우리가 쓰는 글은 외국어의 영향을 많이 받았습니다. 일제 잔재가 녹아있는 데다 영어의 영향까지 크게 받은 탓입니다. 번역 글쓰기의 친절한 가이드인 『번역의 미로』는 다음과 같이 지적합니다.

> 현대 한국인은 '~있다'를 너무 많이 씁니다. 이것은 전형적인 일본어 문체입니다. 일본어 문체라서 문제인 것이 아니라 한국어 문체를 쓸데없이 흐트러뜨리니까 문제입니다.
>
> — 김욱동, 『번역의 미로』

글에서 지적한 '~있다'가 쓰이는 사례와 고쳐 쓴 문장입니다.

◆ 한국도 비슷하다고 생각하고 있습니다.
··· 한국도 비슷하다고 생각합니다.
◆ 중국의 보복은 롯데를 겨냥하고 있는 것처럼 보인다.
··· 중국의 보복은 롯데를 겨냥한 것처럼 보인다.

글은 가능한 능동태로 써야 합니다. 그런데 번역서에는 수동태가 많습니다. 『번역의 미로』는 이를 두고 '수동태가 많은 영어와 일본어의 번역 투 문장 때문'이라고 지적합니다. 예를 들어 '~되고 있다'나 '~되게 되었다', '~지게 되었다'와 같은 표현이 그렇습니다.

◆ 통일이 이루어지게 되면 우리는 거리에 뛰쳐나갈 것이다.

…› 통일이 이루어지면 우리는 거리에 뛰쳐나갈 것이다.

이 피동형 표현의 남발을 지적한 재미있는 글 한 토막입니다.

> '되다'를 쓸데없이 많이 쓴다. 우리집 밥솥도 마찬가지다. '압력 취사를 시작합니다' 하면 될 것을 '압력 취사가 시작됩니다' 한다. 밥이 다 되고 나서도 '취사가 완료되었습니다' 한다. '취사를 완료했습니다' 하면 밥솥이 터지기라도 하는가.
>
> — 김철호, 「번역문을 어떻게 다듬을 것인가」, 《기획회의》 202호

번역문에서 특히 눈에 띄는 부분이 '것'이라는 글자입니다. 다음과 같은 문장이 그렇습니다. 어떤 번역 서비스의 홍보 문구입니다. 글이 매우 복잡합니다.

◆ 우리 사이트는 어떠한 문장이나 문구를 선택한 52가지의 대상 언어 중 어느 것으로도 번역해 드립니다.

원문이 외국어였던 모양입니다. 즉, 외국어를 한국어로 그대로 옮기다 보니 희한한 문장으로 바뀐 것입니다. 다음처럼 하면 끝날 일입니다.

…› 우리 사이트는 특정 문장이나 문구를 52가지의 언어로 번역해 드립니다.

읽다 지칠 판결문

기자는 기사로 말하고 법관은 판결문으로 말합니다. 말이 필요 없습니다. 오로지 글로 표현합니다. 두 직업의 공통점입니다. 법관은 늘 판결문을 씁니다. 따라서 다들 능숙하게 해낼 것으로 여깁니다. 실상은 다른가 봅니다. 판결문 쓰기가 얼마나 어려운지, 제때 끝내지 못해 공판을 연기한 사례가 있었답니다. 사실 판결은 어렵지요. 피고와 원고의 복잡한 이해관계를 간단하게 정리해야 합니다. 서로 옳다고 주장하는 첨예한 논리 공방에서 한쪽 손을 들어줘야 합니다. 더구나 그것을 글로 써야 합니다. 참 고역이지요.

대법원이 '판결문 쉽게 쓰기'를 장려한지 10년이 지났습니다. 이 판결문 작성 원칙의 대전제는 쉬운 우리말, 짧은 문장, 간결하고 명료한 표현이었습니다. 일본식 어투와 어려운 한자나 용어를 쉽게 풀어 쓰자는 것입니다. 그러나 긴 문장을 쓰는 판결문이 여전히 눈에 띕니다. 아래는 출판물에 의한 명예훼손 소송 중 '사실의 적시와 의견 표현의 구별에 관한 사건'을 두고 대법원이 내린 판결 중 하나입니다.

◆ 다른 사람의 말이나 글을 비평하면서 사용한 표현이 겉으로 보기에 증거에 의해 입증 가능한 구체적인 사실관계를 서술하는 형태를 취하고 있다고 하더라도, 글의 집필의도, 논리적 흐름, 서술체계 및 전개방식, 해당 글과 비평의 대상이 된 말 또는 글의 전체적인 내용 등을 종합하여 볼 때, 평균적인 독자의 관점에서 문제된 부분이 실제로는 비평자의 주관적 의견에 해당하고, 다만 비평자가 자신의 의견을 강조하기 위한 수단으로 그와 같은 표현을 사용한 것이라고 이해된다면 명예훼손죄에서 말하는 사실의 적시에 해당한다고 볼 수 없다.[6]

정말 길고 긴 문장입니다. 정독을 하면 이해할 수 있지만, 쉽지 않아 보입니다. 판결문은 논리의 흐름상 길 수밖에 없지 않느냐는 시각이 있습니다. 하지만 꼭 그렇지는 않습니다. 아래처럼 끊어서 쓸 수 있습니다.

…› 어떤 글에서, 다른 사람의 말이나 글을 비평하면서 사용한 표현이 겉으로 보기에 증거에 의해 입증 가능한 구체적인 사실관계를 서술하는

6 대법원 판결문, 2017년 5월 11일

형태를 취하고 있다고 하자. 그렇더라도 평균적인 독자의 관점에서 문제된 부분이 실제로는 비평자의 주관적 의견에 해당하고, 다만 비평자가 자신의 의견을 강조하기 위한 수단으로 그와 같은 표현을 사용한 것이라고 이해된다면 명예훼손죄에서 말하는 사실의 적시에 해당한다고 볼 수 없다. 이는 글의 집필 의도, 논리적 흐름, 서술체계 및 전개방식, 해당 글과 비평의 대상이 된 말 또는 글의 전체적인 내용 등을 종합하여 판단한 것이다.

하지만 이는 약과입니다. 한 지방법원은 근저당말소 사건 판결문에서 원고지 4장 분량(855자)의 글을 한 문장으로 서술한 적도 있습니다. 또 다른 문제는 법원에서 내는 보도자료입니다. 법원은 '우리 법원의 주요 판결'이라는 제목의 글을 통해 사건 판결 내용을 언론에 제공하고 있습니다. 한 예입니다. 교통사고 피해 차량에 실린 고급 기타가 부서졌는데, 가해 차량이 일부를 보상해 줘야 한다는 내용입니다. 법원은 관련 판결을 다음과 같이 요약해 보도자료로 소개했습니다.

- 교통사고로 피해 자동차 내에 있던 고가의 명품 기타가 파손된 경우 **사고 운전자 측의 기타 파손에 대한** 손해배상책임을 인정한 판결. **교통사고로 차량 내에 있던 고가의 명품기타가 파손된 사실이 인정되고, 사고 차량**이 손해배상책임이 면책되거나 실손 보상하는 경우에 해당되지 않으므로 **사고 차량** 측의 손해배상책임이 인정됨. 다만 고가의 기타를 안전조치 없이 차량에 싣고 운행한 피해 차량 측의 과실 등을 반

영하여 책임을 50%로 제한함.[7]

어딘가 명쾌하지 않는 글입니다. 이유는 맨 앞의 '사고 차량'이란 말 때문입니다. 사고 차량을 '가해 차량'으로 해야 옳습니다. 사고 차량은 피해 차량과 가해 차량 모두를 뜻합니다. 두 번째 줄 '교통사고로 차량 내에 있던 고가의 명품 기타가 파손된 사실' 부분은 글의 첫 문장과 중복됩니다. 쉽게 고쳐 봤습니다.

··· 교통사고로 피해 자동차 내에 있던 고가의 명품 기타가 파손된 **사건에 대해 가해 운전자 측의 손해배상책임을 인정한 판결. 가해 차량이** 손해배상책임이 면책되거나 실손 보상하는 경우에 해당되지 않으므로 **가해 차량** 측의 손해배상책임이 인정됨. 다만 고가의 기타를 안전조치 없이 차량에 싣고 운행한 피해 차량 측의 과실 등을 반영하여 책임을 50%로 제한함.

좀 더 간결하게 쓰려면 다음처럼 고치면 됩니다.

··· 교통사고로 피해 자동차 내에 있던 고가의 명품 기타가 파손된 사건에 대해 가해 운전자 측의 손해배상책임을 인정한 판결. 다만 고가의 기타를 안전조치 없이 차량에 싣고 운행한 피해 차량 측의 과실 등을 반

7 서울중앙지방법원 판결문, 2017년 1월 12일

영하여 책임을 50%로 제한함.

다음 글 역시 특정 사건에 판결에 대한 보도자료입니다. 수능시험 감독관의 불찰로 인해 피해를 본 수험생에게 위자료를 지급해야 한다는 판결을 개요 형식으로 소개했습니다.

- 원고 A는 2015. 11. 12. 시행된 2016학년도 대학수학능력시험에 응시하여 시험을 치른 수험생으로 당시 시각 표시, 교시별 잔여시간 표시 기능만이 있는 디지털식 시계인 일명 수능시계를 소지하고 있었는데 이 사건 수능시험의 시험 감독관인 피고 D로부터 반입이 금지되는 물품과 휴대가 가능한 물품에 대한 정확한 설명을 하지 않아 원고 A로 하여금 이 사건 시계를 감독관에게 제출하게 하고 그 시계를 소지하지 못한 상태에서 위 수능시험을 치르게 하여 위 시험에 관한 수험생의 권리 내지 정당한 이익을 침해하였으며 또한 이 사건 수능시험을 실시함에 있어 감독관들에게 정확한 안내를 하도록 지휘, 감독하여야 할 지위에 있는 피고 대한민국은 이를 게을리하였기 때문에 피고들은 공동하여 원고A에게 위자료 지급할 의무가 있음을 인정한 사건.[8]

이 글 역시 다음처럼 적당히 끊어서 쓰기만 해도 보다 이해하기 쉬워집니다.

8 전주지방법원 판결문, 2016년 10월 31일

⋯▸ 원고 A는 2015. 11. 12. 시행된 2016학년도 대학수학능력시험에 응시하여 시험을 치른 수험생으로 당시 시각 표시, 교시별 잔여시간 표시 기능만이 있는 디지털식 시계인 일명 수능시계를 소지하고 있었다.
이 사건 수능시험의 시험 감독관인 피고 D는 반입이 금지되는 물품과 휴대가 가능한 물품에 대한 정확한 설명을 하지 않아 원고 A로 하여금 이 사건 시계를 감독관에게 제출하게 하고 그 시계를 소지하지 못한 상태에서 위 수능시험을 치르게 하였다. 그로 인해 위 시험에 관한 수험생의 권리 내지 정당한 이익을 침해하였다.
따라서 이 사건 수능시험을 실시함에 있어 감독관들에게 정확한 안내를 하도록 지휘, 감독하여야 할 지위에 있는 피고 대한민국은 이를 게을리하였기 때문에 피고들은 공동하여 원고A에게 위자료 지급할 의무가 있다.

법원의 보도자료는 판결문의 요지를 명쾌하게 국민에게 알리는 글입니다. 각종 판결은 실생활에 큰 영향을 주지만, 보통 사람들은 판결문 전체를 읽을 여유가 없습니다. 평범한 사람들도 쉽게 이해할 수 있는 보도자료가 필요합니다. 따라서 핵심을 파악해서 일목요연하게 정리하는 게 가장 중요합니다. 하나만 더 볼까요.

◆ 제주도의 '도깨비 도로'에서 차를 운전하던 중 갑자기 도로를 횡단하는 보행자를 피하려다 인근 건물로 돌진하여 건물 내의 관광객 수 명이 부상을 입어 도로관리청의 도로 설치관리상의 하자 유무가 문제된 사안에서, 해당 도로는 착시현상을 체험하는 곳으로 잘 알려진 관광명소

이고 일반 차량을 위한 우회도로도 마련돼 있음을 이유로 하자가 없다 고 판단한 판결.[9]

핵심 내용을 맨 앞쪽에 배치하면 내용이 훨씬 쉽게 이해됩니다.

···› 제주도 '도깨비 도로'에서 일어난 교통사고는 해당 도로가 유명한 관광 명소이며 우회도로도 있는 상태이므로 도로관리청의 책임이 없다. 사건은 도깨비 도로에서 차를 운전하던 중 갑자기 도로를 횡단하는 보행자를 피하려다 인근 건물로 돌진하여 건물 내의 관광객 수 명이 부상을 입자, 도로 설치 및 관리 하자를 제기한 내용이다.

일찍이 조선 지식인 허균(1569~1618)은 "글은 복잡하고 번거롭기보다는 간략해야 한다"라고 말한 바 있습니다. 신문 기사는 초등학생이 이해하도록 씁니다. 판결문이나 관련 보도자료도 그래야 합니다.

9 서울중앙지방법원 판결문, 2014년 1월 6일

요령부득 학술논문

학술 글쓰기와 관련해선 두 개의 에피소드가 떠오릅니다. 하나는 《경향신문》에 다닐 때 일입니다. 현직 교수가 보낸 칼럼을 읽고 깜짝 놀랐습니다. 단어가 어렵고 내용이 복잡한 데다 무슨 말인지 이해가 가지 않았기 때문입니다. '글을 못 쓰는 교수가 있구나' 하는 생각에 당혹스러웠습니다. '교수=학자=글쟁이'라는 고정관념이 무너졌습니다. 신문에 실리는 칼럼은 쉽고 흥미롭게 써야 합니다. 그런데 전문적인 메시지를 일정한 분량 제약 속에서, 쉬운 글에 익숙한 독자의 눈높이에 맞추는 일은 상당히 까다로운 작업입니다.

또 하나는 논문 지도를 의뢰해 온 한 대학원생 사례입니다. 논문을 쓰는 게 어렵다며 봐달라는 요청이었습니다. 논문쓰기는 대학에서 배웁니다. 따라서 사설기관에서 배울 일이 없습니다. 돕기 힘들다는 의사를 밝혔습니다. 그런데 그는 거듭 부탁했고, 저는 어쩔 수 없이 논문 일부를 보내달라고 했습니다. 글을 읽고 난 다음 이렇게 말해 줬습니다. "학생은 논문을 못 쓰는 게 아니고 글을 못 씁니다. 글쓰기를 배워야 합니다." 여기 논문 한 편을 보지요.

◆ 현재 우리나라에서 미아 또는 가출인으로 경찰에 신고되는 실종자 수는 매년 6만 4천여 명에 이른다. 이것은 하루 평균 170여 명의 **사람이 없어지고 있다는 것을 뜻하는데,** 결국 우리나라에서는 8분당 1명꼴로 사람이 실종되는 셈이다. 우리 사회의 실종자 문제가 **이처럼 심각함에도 불구하고 이에 대한** 경찰의 업무 처리와 수사 시스템은 상당한 문제점을 노출하고 있다. 현재 실종자 **문제에 대하여는 별다른 대안을 찾지 못하고 있는 형편이며,** 이에 대한 기존의 학술적 연구와 논의 역시 거의 드물다고 할 수 있다.

— 백창현,
「실종자 업무처리와 수사의 현황 및 개선방안」, 《한국 공안행정학회보》 21호

이 글은 문법적으로는 하자가 없습니다. 다만 논문은 지식인이 쓰는 고급 글쓰기 분야에 속한다는 측면에서 첨삭 여지가 있습니다. 글은 압축의 묘미가 있어야 세련됩니다.

···› 우리나라에서 미아 또는 가출인으로 경찰에 신고 되는 실종자 수는 매

년 6만 4천여 명에 이른다. 이것은 하루 평균 170여 명, 8분당 1명꼴인 수치다. 실종자 문제의 심각성에 비해 경찰의 업무 처리와 수사 시스템은 상당한 문제점을 노출하고 있다. 실제로 경찰은 별다른 해결책을 내놓지 못하고 있으며, 관련 학술적 연구와 논의 역시 거의 이루어지지 않고 있다.

다음 글도 비슷합니다. 개인적으로 친분이 있는 대학원생의 글입니다.

◆ 인류의 생활사를 복원·연구하는 방법에는 지표 아래의 물질문화를 통해서 연구하는 방법, 민족지 조사를 통해 연구하는 방법, 언어를 통해 연구하는 방법이 있다. 그리고 인류의 생물학적 특징을 통해서 연구할 수 있는 방법도 있는데 이것이 본 논문이 다루는 부분이다.

'~하는 방법'이라는 중복 표현 때문에 세련된 글로 보이지 않습니다. 문장을 함축하면 좀 낫습니다.

…› 인류의 생활사를 복원·연구하는 방법에는 네 가지가 있다. 지표 아래의 물질문화를 통해, 민족지 조사를 통해, 언어를 통해, 그리고 인류의 생물학적 특징을 통해 연구하는 방법이다. 맨 마지막이 본 논문이 다루는 부분이다.

물론 논문 글쓰기와 실용 글쓰기는 기준이 다른 측면이 있습니다. 논문은 특정 주장을 이론이나 설문, 통계를 통해 증명해 내는 학술 작업입니다. 가설과 증명이 중요합니다. 문격文格, 즉 글의 품격은 부차적인 면이 있습니다. 상대적으로 덜 중요하다는 것입니다. 글을 잘 썼느냐를 보기보다 논문을 잘 썼느냐를 보는 것이지요. 그러나 글쓰기 실력이 뒷받침되지 않는다면 빛이 바랩니다.

외국에서는 논문 작성 시 우리보다 글쓰기의 질이 강조됩니다. 학계의 대표적인 글쟁이인 이화여대 최재천 석좌교수는 미국 유학 때 현지 교수로부터 가르침을 받은 경험을 글쓰기의 '성장 과정'에서 매우 중요한 일화로 소개합니다.

> 최 교수는 미국에 유학 가서 '테크니컬 라이팅' 과목을 들었습니다. 담당 교수는 제자의 글을 혹독하게 첨삭했습니다. 결국 열성적인 노력 끝에 해당 교수로부터 '정확성과 경제성, 우아함을 갖춘 글을 쓴다'는 호평을 얻었습니다.
>
> — 최재천 외, 『글쓰기의 최소원칙』

마지막으로 학술논문과 관련한 중요한 문제점 하나를 던집니다. 제목의 문제입니다. 논문 제목은 대개 '~에 관한 연구'라는 식입니다. 그러나 이것은 주제나 소재, 즉 '무엇'이나 '무엇에 관한about'을 담고 있지만 구체적인 '결론'이나 '메시지'를 담고 있지는 않습니다. 이 패턴이 논문의 핵심을 담는 쪽으로 바뀌어야 합니다. 다음은 포털사이트에서 '글쓰기'를 검색한 결과 얻은 논문 목록입니다.

- 대학생들의 학술적 글쓰기 능력 신장을 위한 작문 교육 방법
- 첨삭지도라는 공통감각과 대학 글쓰기 교육의 개선방향
- 이공계 글쓰기 교육의 특징과 과제
- MIT 대학 글쓰기 교육 시스템에 관한 연구

대학생들이 글쓰기 능력을 향상시키기 위한 작문 교육 방법이 무엇인지, 이공계 글쓰기의 과제가 무엇인지, MIT 대학에서는 글쓰기 교육이 어떻게 이뤄지고 있는가를 담은 쪽으로 바뀌어야 합니다. 예를 들어 보지요. 국방연구원의 강의 내용입니다. 아래 글은 「해외파병의 전략적 접근 및 역할 확대 방안 연구」라는 제목의 연구보고서입니다. 이 제목은 주제를 담고 있으나 연구결과를 포함하고 있지는 않습니다.

> 본 연구는 해외파병의 성과와 교훈을 바탕으로 가치체계를 재정립하여 군사적 수준을 넘어 선 국가 전략적 접근을 시도하였다. 해외파병이 진화해 온 추세에 맞추어 개념을 정립하고 역할 확대의 당위성을 고찰하는 한편 파병부대별 맞춤형 모델과 미래지향적 발전 로드맵을 제시하였다. (……) 본 연구는 "해외파병이 글로벌 수준으로 국가안보의 외연을 확충하고, 국제사회에 국방 한류Korean Military Wave의 흐름을 형성함으로써 궁극적으로 한반도 통일에까지 기여한다"는 논리를 결론으로 제시했다.
>
> — 김철우 외, 「해외파병의 전략적 접근 및 역할 확대 방안 연구」, 《한국 국방연구원 연구보고서 초록집》

이 글은 '해외파병은 국방한류 형성, 한반도 통일 기여'라는 결론을 담은 제목이 훨씬 낫습니다. 이는 비단 국방연구원만의 문제가 아니고 우리나라 논문 제목 전반에서 나타나는 문제입니다.

공무원 글쓰기의 적폐

공무원 교육을 하다보면 이해할 수 없는 글쓰기 관행과 만납니다. 그 첫 번째는 날짜 표기입니다. 예를 들지요.

2017. 6월 1일부터 ○○시가 달라집니다.

왜 여기에서 연도 표기를 마침표로 하는지 모르겠습니다. 이유는 공무원 문서 작성 지침에 나와 있습니다. '년, 월, 일의 글자는 생략하고 그 자리에 온점(마침표)을 찍어 표시한다'는 것입니다. 물론 편의성 때문으로 보입니다. 날짜가 빈번하게 나오기 때문에 생략하자는 것이지요. 글 맨 마지막에 날짜를 쓸 때는 그렇게 써도 무방합니다. 예컨대 편지를 쓴 후 그 뒤에 날짜 표기를 다음과 같이 합니다.

그럼 이만 줄입니다.

2017. 4. 20.

그러나 글이 계속 이어지는 서술형 문장 내에서는 '년, 월, 일'을 써 주는 쪽이 좋습니다. 또 하나는 다음과 같은 표기법입니다.

◆ '눈의 날(11일)', '당뇨의 날(14일)'이 있는 11월을 맞아 '당뇨병성 망막병증(H36.0)'에 대해 최근 5년간(2010~2014년) 심사결정자료(건강보험 및 의료급여)를 분석한 결과,

○ 2014년 전체 진료인원은 약 32만 8천 명, 진료비는 약 436억 원으로 5년 전에 비해 각각 37.0%, 32.7% 씩 증가하였으며,

○ 가장 많이 증가한 연령층은 70대 이상 노년층으로 약 5만 명(82.1%)이 증가한 것으로 나타났다.

— 건강보험심사평가원 보도자료

'분석한 결과'와 '2014년' 사이에 특수기호 '○'이 들어가 있습니다. 그 아래 '증가하였으며'와 '가장 많이' 사이에도 그렇습니다. 여기에서 특수기호 '○'은 마치 번호와 같은 역할을 합니다. 그런데 서술이 이어지는 글 중간에 번호가 들어가는 글은 어색합니다. 다음과 같이 쓰지는 않잖습니까.

나는 학교를 다니다가 말았는데 그 이유는

1. 귀찮아서

2. 가난해서

그렇다.

물론 이 글을 다음처럼 쓸 수는 있습니다.

나는 학교를 다니다가 말았는데 그 이유는 다음과 같다.

1. 귀찮아서

2. 가난해서

따라서 앞의 글은 다음처럼 해야 맞습니다.

⋯› '눈의 날(11일)', '당뇨의 날(14일)'이 있는 11월을 맞아 '당뇨병성 망막병증(H36.0)'에 대해 최근 5년간(2010~2014년) 심사결정자료(건강보험 및 의료급여)를 분석한 결과, 2014년 전체 진료인원은 약 32만 8천명, 진료비는 약 436억 원으로 5년 전에 비해 각각 37.0%, 32.7% 씩 증가하였으며, 가장 많이 증가한 연령층은 70대 이상 노년층으로 약 5만 명(82.1%)이 증가한 것으로 나타났다.

공무원 글쓰기의 또 다른 이상한 관행은 내용보다 형식에 치우치는 면입니다. 언젠가 모 공공기관의 경영평가 보고서를 컨설팅한 적이 있습니다. 모든 공공기관은 경영평가를 받기 위해 보고서를 냅니다. 이를 토대로 실적을 평가받습니다. 일을 얼마나 잘 했느냐가 보고서를 얼마나 잘 쓰느냐로 판가름이 나는 셈입니다. 그러다보니 보고서에 엄청나게 공을 들입니다. 잘된 보고서, 즉 점수가 높은 보고서를 벤치마킹해서 따라하는 분위기가 많았습니다. 경쟁이 심화되다 보니 포장하는 일이 매우 중요해졌지요. 아니 중요하게 인식됐다고 말하는 쪽이 옳습니다. 대단한 내용이 있는 것처럼 '빵빵'하게 꾸미는 일에 매우 많은 시간을 할애합니다. 정부가 평가한 우수 보고서를 분석한 결과 글자체나 색, 선 같은 디자인적인 요소에 치중한 문서가 많았습니다. 디자인을 덜어내고 보면 내용은 별 것 아니었습니다. 아마 당시 평가를 맡은 전문가가 식견이 부족한 게 원인이었을 겁니다. 문서를 많이 본 글쓰기 전문가는 디자인에 결코 현혹되지 않습니다. 저는 컨설팅에서 그 문제를 짚은 뒤 간결하고 명쾌하게 내용 위주로 보고서를 쓰라고 조언했습니다.

마지막으로 공무원 글쓰기에서의 가장 큰 문제는 '비압축성'입니다. 보고서의 분량이 너무 많습니다. 핵심 위주의 한 장 보고서 형태로 바뀌어야 합니다. 모든 보고서는 한 장으로 줄일 수 있습니다. 대기업에서는 이미 오래 전에 불필요한 요소를 대폭 줄인 한 장짜리 보고서를 권하고 있습니다. 그러나 이 문화가 공직 사회에서는 아직 요원합니다. 글을 가장 많이 쓰는 조직에서 글쓰기 문화는 가장 더디게 발전하고 있는 셈입니다.

글에서
'매우', '무척' 등의 단어만 빼면
좋은 글이 완성된다.

마크 트웨인(미국의 소설가)

II

글쓰기 훈련 2단계 :

이론 학습

대부분의 사람들은 글쓰기도 기술이라는 것을 알려고 하지 않는다.
다른 모든 일처럼 글쓰기도 수습 생활을 거쳐야 한다.

— 캐서린 앤 포터(미국의 저널리스트이자 소설가)

2장

태도 학습 : 10개의 마음만 기억하자

◆

글쓰기에도 마인드 컨트롤이 필요하다.
본격적으로 글쓰기를 시작할 때 유념해야 할
'글 쓰는 사람의 마음가짐'을 알아본다.

◆

용기 – 누구나 처음엔 올챙이였다

어른답게 쓰는 글의 첫 장을 **'용기'**라는 키워드로 시작합니다. 세상 모든 일은 용기에 달렸기 때문입니다. TV 다큐멘터리에서 오리 새끼가 높은 곳에서 뛰어내리는 모습을 본 적이 있으실 겁니다. 소설 『갈매기 조나단』에서 가장 유명한 대목은 절벽에서의 첫 비행 장면입니다. 새끼에게는 대단한 용기가 필요한 순간이지요. 글쓰기에서도 마찬가지입니다. 특히 어른에게 필요한 첫 번째 덕목은 용기입니다. 무엇이든 행동으로 옮겨야 변화가 생깁니다. 씨앗 한 톨이라도 심어야 열매를 맺을 수 있습니다. 글쓰기가 그렇습니다. 글쓰기는 용기에서 출발합니다. 타인 앞에서 글을 쓸 수 있는 용기입니다.

성인은 다른 사람 앞에서 자신을 제대로 표현할 줄 알아야 합니다.

남에게 나를 제대로 내보이는 일입니다. 그 과정에서 스스로를 바로 보고, 되돌아볼 수 있습니다. 똑같습니다. 글을 잘 쓰려면 글을 타인에게 보여주고 검증받는 단계가 반드시 필요합니다. 많은 사람이 주저합니다. 타인의 눈을 의식해서 글을 못 씁니다. 글의 허물이 드러날까 봐 '눈팅'만 합니다. 그런 사람은 글 실력이 늘 수 없습니다.

발표불안이란 말이 있습니다. 대중 앞에만 서면 울렁증이 생겨 말을 잘하지 못하는 증세입니다. 사실 누구나 발표불안을 겪습니다. 대중 앞에서 수없이 노래하는 유명 가수도 종종 떨고 긴장합니다. 다만 그런 상황을 자주 겪다 보니 그렇지 않아 보일 따름입니다. 발표불안을 없애기 위해서는 남 앞에 자주 서야 합니다. 글 역시 무대 위에 틈나는 대로 올려야 합니다. 그 무대란 블로그, 인터넷 카페 등입니다. 처음에는 실명보다 닉네임을 쓰는 게 더 좋습니다. 앞서 말한 대로 초보자는 글 쓰는 일을 매우 두려워합니다. 따라서 익명이 용기를 줄 수 있는 겁니다. 이는 인터넷의 익명성에 기대 근거 없는 비방, 욕설 등을 일삼는 것과는 다릅니다. 오해 없으시길 바랍니다.

어떤 이들은 이렇게 하소연합니다. "글을 못 쓰는데 어떻게 남 앞에 내놓습니까?" 우리는 노래나 춤과 달리 글쓰기에는 높은 기준을 들이댑니다. 노래를 못한다거나 춤을 못 춘다는 것은 약간 창피할 뿐이지 결코 못난 일이 아닙니다. 그런데 글쓰기를 못하면 뭔가 부족해 보이는 사람으로 판단합니다. 물론 글은 그 사람의 인품이나 지식의 깊이를 자연스럽게 드러냅니다. 따라서 글을 못 쓰면 상대적으로 피해가 크지요. 너무 걱정할 필요는 없습니다. 자주 하면 늘어납니다. 글쓰기도 훈련입니다.

여기서 알아둘 팁이 하나 있습니다. 보통 우리는 감성이 풀풀 묻어나는 글을 잘 썼다고 여기고 부러워합니다. 글 잘 쓰는 기준을 문학적 글에 둡니다. 그럴 필요 없습니다. 글에는 감성적인 글과 논리적인 글이 있습니다. 감성 글을 잘 쓰는 사람이 있고 논리 글을 잘 쓰는 사람이 있습니다. 후자만으로 족합니다. 전혀 문제없습니다. 부러워할 일이 아닙니다. 글쓰기 강의 때 저는 이런 말을 합니다. **"글은 머리 좋고 공부 잘하는 사람이 잘 쓰지 않습니다. 사연이 많은 사람이 잘 씁니다."** 다양한 경험은 글쓰기를 잘하기 위한 중요 조건 가운데 하나입니다. 내 안에 사연이 차고 넘쳐 글을 마구 쓰고 싶어야 합니다. 한 작가지망생의 말이 떠오릅니다. "엄마, 그동안 나를 이렇게 잘 키워 줘서 고마워. 엄마 덕에 모자란 것 없이, 풍족하게, 구김살 없이 잘 컸어. 그 덕분에 좋은 대학에 다니고 있어. 그런데 엄마. 나는 엄마 때문에 작가는 절대로 될 수 없어. 그게 슬퍼."

사연이 흥미로우면 털어놓기만 해도 글이 됩니다. 다만, 자주 쓰지 않으면 어려움이 따릅니다. 따라서 남의 눈을 의식하지 말고 당당하게 쓰는 일부터 해야 합니다. 모든 배움에는 초보인 때가 있습니다. 누구나 처음은 다 서툽니다. 셰익스피어가 펜을 물고 태어났겠습니까. 물론 타고난 글쓰기 재능은 있었을 겁니다. 그러나 처음엔 어설펐겠죠. 힘겹게 걸음마를 떼지 않고서는 전문가가 될 수 없습니다.

끈기 – 이슬이 모여 샘물이 된다

저는 전작 『심플』에서 '글쓰기 공식'을 다뤘습니다. 공식이라는 단어만 들어도 머리가 아픈 사람도 있을 것입니다. 수학이나 물리 공식이 떠오르기 때문입니다. 그럼에도 공식을 만든 이유는 글쓰기가 수학만큼 어렵기 때문입니다. 따라서 쉬운 공식이 필요합니다. 왜 글쓰기가 수학만큼 어려울까요? 글쓰기는 우리에게 익숙한 행위가 아닙니다. 과거를 돌아보면 알 수 있습니다. 유사 이래 글쓰기는 일부 소수 권력층과 상류층의 전유물이었습니다. 일반 대중이 글을 쓰게 된 역사는 매우 일천합니다. 더구나 우리가 한글로 된 글을 쓴지는 불과 5백여 년밖에 지나지 않았습니다. 서민이 한글을 보편적으로 사용한 역사는 지극히 일천합니다. 따라서 글쓰기는 때때로 당신을 매우 힘든 세계로 이

끌고는 합니다.

그럼에도 글을 잘 써야 합니다. 글쓰기를 배워야 합니다. 글쓰기 전문가로서 저는 자주 이렇게 말합니다. **"글을 잘 쓴다는 것은 남들보다 일을 끝내는 시간이 빠르며, 같은 시간 안에 남들보다 훨씬 나은 결과물을 낸다는 의미다."**

글을 많이 쓰지 않은 사람은 글쓰기가 어렵습니다. 쓰고 고치고 쓰고 지우곤 합니다. 어떤 때는 한 줄도 쓰지 못합니다. 그럼에도 끈기 있게 도전해야 합니다. 참을성 있게 책상에 앉아 있어야 합니다. 첫 문장부터 도무지 안 써진다고요? 간단한 해결책 하나를 제시합니다. 그냥 이렇게 쓰십시오.

> 첫 문장을 뭐라고 써야 하나. 첫 문장 쓰기 정말 어렵다. 첫 문장을 첫 문장으로 시작하면 안 될까. 제발 첫 문장아 나와 다오.

무슨 말인지 짐작하시겠지요? 그냥 마구 쓰라는 겁니다. 아무 생각 없이 컴퓨터 자판을 두드리라는 말입니다. 타자를 치지 않아도 됩니다. 자판 위에 몸을 풀듯이, 손가락을 웨글waggle하십시오. 그 다음에는 쓰려는 특정 주제에 대해 생각나는 대로 쓰십시오. 말이 안 되게 써도 됩니다. 아니, 말이 안 되게 쓰는 게 더 모범입니다. 어차피 마구쓰기니까요.

그에 앞서 한 가지 기억할 내용이 있습니다. 글을 쓰기 전에 **준비운**

동을 하라는 것입니다. 생각이란 녀석은 갑자기 쥐어짠다고 나오지 않습니다. 쓰기 전, 적어도 며칠 전에 내용을 고민해야 합니다. 미리 생각의 씨앗을 머릿속에 심는 과정입니다. 심어놓은 씨앗은 본인도 모르는 새 머릿속에서 자랍니다. 그리고 가끔 그 글을 생각하십시오. 이는 싹에 물을 주는 행위와 같습니다. 그러다보면 어느 틈에 생각이 자라있습니다. 눈에 보이지 않기 때문에 당신은 알아차리지 못할 수 있습니다. 하지만 씨를 뿌린 지 일주일쯤 지난 후 컴퓨터 앞에 앉으면, 나도 모르게 생각이 피어나기 시작할 겁니다.

그 다음 과정은 오롯이 컴퓨터 앞에 앉아 있는 일입니다. 생각은 샘물처럼 솟아나지 않습니다. 간헐적입니다. 나오다가 멈추고, 끊겼다가 다시 나옵니다. 한 문장이 나오는 데 30분이 걸릴 수도 있습니다. 진득하게 앉아서 간헐적으로 나오는 생각을 수집해야 합니다. 잎사귀에 한두 방울씩 맺힌 아침 이슬을 모으는 행위나, 이탈리아 장인이 구두 가죽을 한 땀 한 땀 수놓는 작업과 비교할 만한 과정입니다. 엉덩이가 뻑적지근해지도록 앉아 있다 보면 갑자기 글이 나오기 시작하는 때가 옵니다. 그 희열을 맛보십시오. 인내하는 자만이 기쁨을 누릴 수 있습니다.

간결 – 문장 하나에 생각 하나

어른답게 글을 쓴다는 건 어떤 의미일까요? 성숙한 어른은 사회의 법도를 지킵니다. 해야 할 일과 하지 말아야 할 일을 구분합니다. 예를 들면 여럿이 음식을 먹을 때는 반찬을 가능한 한 한 번에 집어야 합니다. 젓가락으로 이리저리 뒤집거나 조물거리면 안 됩니다. 명함을 줄 때도 에티켓이 있습니다. 명함을 가로로 쥔 뒤 상대가 내 이름을 정방향으로 읽도록 줘야 합니다.

글쓰기에도 지켜야 할 법도가 있습니다. **간결하게 쓰기**는 가장 중요한 법도 가운데 하나입니다. 간결이란 단어를 모르는 사람이 있겠습니까. 문제는 글쓰기 법도인 간결이 무엇이냐는 것입니다. 군더더기가 없어야 하고, 사족이 없어야 하며, 불필요한 수사도 없어야 한다는 정도

일 겁니다. 그러나 이 문장은 또 다른 설명을 필요로 합니다. 다음과 같이 정의내리면 이해하기 쉽습니다. **가능한 한 문장에는 하나의 사실만 담는다.**

한 문장에 하나의 사실만 담되, 문장이 짧을 경우 두 개까지 넣어도 됩니다. 세 개는 위험합니다. 아래는 고전소설 『춘향전』을 포털사이트에 검색하면 나오는 구절입니다. 이 글도 뱀 한 마리입니다.

◆ 다음날 어사가 크게 잔치를 벌이고 춘향과 다시 만나 즐거움을 누리다가 공사를 처결하고 춘향 모녀를 데리고 서울에 올라가 임금에게 전후 사정을 아뢴바, 임금이 이를 크게 칭찬하여 "천기로 수절함은 천고에 없는 일이로다" 하고 정렬부인을 내리셨다.[10]

이 글을 구성하는 여러 가지 사실을 크게 두 개로 나눠 문장을 묶으면 다음과 같습니다.

··· 다음날 어사가 크게 잔치를 벌이고 춘향과 다시 만나 즐거움을 누렸다. 이어 공사를 처결한 뒤 춘향 모녀를 데리고 서울로 올라갔다.

임금에게 전후 사정을 아뢰었다. 임금은 이를 크게 칭찬하여 "천기로 수절함은 천고에 없는 일이로다" 하고 정렬부인을 내리셨다.

10 한국문예위원회, 『춘향전』 설명글, 「네이버 지식백과」

이 정도는 돼야 간결한 글이라고 할 수 있습니다. '달걀을 한 바구니에 넣지 말라'는 말을 들어 봤을 겁니다. 재테크를 할 때 위험을 분산시켜야 한다는 금언입니다. 한 바구니에 담을 경우, 바구니가 깨지면 여러 개의 달걀을 한꺼번에 잃습니다. 글쓰기도 한 문장에 여러 개의 사실을 넣으면 위험합니다. 문장이 꼬일 수 있습니다. 또 다른 사례입니다.

◆ 책의 주인공은 젊은 사장 로저와 그 회사 건물에서 일하는 청소부 밥 아저씨로, 유능하고 가족을 사랑하는 성실한 사장이면서도 회사 일과 가족 관계가 모두 엉망인 로저가 밥을 만나 그에게서 인생의 6가지 가르침을 배우며 삶의 전환점을 맞이하게 되는 내용이다.

이 글은 어떤 명문대 학생이 쓴 글입니다. 맨 앞 주어와 맨 뒤 술어가 호응하지 않습니다. 맨 뒤의 주어는 무엇일까요. '책'이거나 '책의 줄거리'입니다. 이 글은 다음처럼 쓰는 쪽이 좋습니다.

⋯› 책의 주인공은 젊은 사장 로저와 그 회사 건물에서 일하는 청소부 밥 아저씨다. 로저는 유능하고 가족을 사랑하는 성실한 사장이지만 최근 들어 회사 일과 가족 관계가 모두 엉망이다. 이 책은 로저가 밥을 만나 인생의 6가지 가르침을 배우며 삶의 전환점을 맞이하게 되는 내용이다.

이런 긴 글은 어디서나 볼 수 있습니다. 보험 약관이 대표적입니다.

매년 금융감독원에 접수되는 보험 관련 민원은 1만 건이 넘는데 대부분 약관을 둘러싼 해석 차이입니다. 예금 보호에 관한 공지 내용부터 복잡합니다.

> 이 보험계약은 예금자보호법에 따라 예금보험공사가 보호하되, 보호 한도는 본 보험회사에 있는 귀하의 모든 예금보호대상 금융상품의 해약환급금(또는 만기 시 보험금이나 사고보험금)에 기타지급금을 합해 1인당 '최고 5천만 원'이며, 5천만 원을 초과하는 나머지 금액은 보호하지 않습니다.

쉼표가 있는 곳에서 한 번씩만 끊어도 됩니다. 긴 문장을 썼다 해서 무조건 나쁜 글은 아닙니다. 다만 불편할 따름입니다. 그러나 요즘처럼 정보가 즉독즉해卽讀卽解되어야 하는 초스피드 시대에 긴 문장을 권하기는 힘듭니다.

문장을 짧게 써야 하는 또 다른 이유는 글의 논리성을 확보하기 위해서입니다. 한 편의 글은 여러 개의 단락으로 구성돼 있고 한 단락은 여러 개의 문장으로 이뤄져 있습니다. 단락끼리 매끄럽게 연결되어야 논리적입니다. 단락 안의 문장 역시 그렇습니다. 이처럼 문장 배열은 매우 중요한 일입니다. 즉 문장을 이리저리 편집하는 능력을 길러야 합니다. 그러려면 글이 간결해야 합니다.

단정 – 옷매무새 고치듯 단락을 다듬자

공자는 『논어』에서 군자의 네 가지 덕목 중 하나로 단정한 품행을 꼽았습니다. 공자를 동원하지 않더라도 몸과 마음가짐을 가지런히 하는 일은 어른의 첫 번째 조건일 것입니다. 어른이 되면 아이 때의 습관을 버려야 합니다. 싫어하던 채소도 먹어야 하고 부모에게 존댓말을 써야 합니다. 매일 이를 닦아야 하고, 제 방을 스스로 치울 수 있어야 합니다. 공공장소에서는 에티켓을 지켜야 합니다. 앞에서 언급했듯이 주어와 술어의 일치는 문장의 기본입니다. 기본을 지키지 않으면 의도치 않게 망신을 당하거나 불쾌감을 줄 수 있습니다. 예를 들어 실밥 터진 옷이나 올 나간 스타킹을 입는 상황과 같겠지요.

글의 단정함을 판단하는 또 하나의 잣대는 단락입니다. 단락 짓기 개념을 아는지 여부입니다. 단락을 잘 짓는 것은 매우 중요한 일입니다. 저는 전작에서 다음과 같이 말했습니다. **"글은 단락으로 쓴다."** 무엇이든 양이 많아지면 묶거나 무리를 짓습니다. 그래야 쓰기 편리하고 유용합니다. 글쓰기는 토지 개간과 같습니다. 땅은 반드시 일정하게 구획정리를 하지요. 상이한 아이디어를 담고 있는 무리는 따로 떼야 합니다. 문단 나누기입니다. 그래야 읽기 용이합니다.

글쓰기에서 왜 단락 짓기가 중요할까요. 단락은 건축물의 뼈대와 같기 때문입니다. 단락을 짓는 일은 뼈대를 세우는 일입니다. 우리가 흔히 쓰는 서론-본론-결론은 거대한 뼈대입니다. 같은 맥락으로, 단락 짓기는 생각을 구조화하는 일입니다. 1천 자의 활자는 마치 1천 명의 사람과 같습니다. 군중을 운동장에 집합시킬 때는 줄을 세웁니다. 그냥 서 있다고 생각해 보십시오. 얼마나 혼란스럽겠습니까. 학교 교실에서도 분단을 만듭니다. 그것이 단락입니다. 다음 예를 봅시다.

> 자, 수많은 학생이 수업을 들으러 왔단다. 그 학생들은 여러 색의 옷을 입고 왔단다. 그런데 분류를 해 보니 빨강 주황 노랑 초록 파랑 남색 보라의 옷으로 묶어질 수 있었단다. 그렇다면 그 학생들은 '빨주노초파남보'라는 7개의 열로 학생들을 세울 수 있지? 그 반 이름은 무엇이겠니? '무지개반'이겠지?

만약 '무지개'라는 글을 쓴다면 역시 빨주노초파남보라는 7개의 단락으로 구성될 것입니다. 그런데 학교에서 줄을 설 때나 교실의 책상을 배치할 때, 줄과 줄 사이 혹은 분단과 분단 사이에 반드시 공간을 둡니다. 똑같습니다. 단락과 단락 사이에도 1행을 비워야 합니다. 한 단락이 너무 클 때는 작은 단락으로 나눌 수도 있습니다. 다만 일상에서 쓰는 이메일에서는 단락을 굳이 구성할 필요는 없습니다.

마지막으로 글을 단정하게 한다는 말은 **불필요한 글을 덜어내는 일**을 뜻합니다. 이는 앞서 말한 간결하게 쓰기와도 연결됩니다. 문장만 간결하게 쓰는 게 아니라, 문단 수준에서도 꼭 필요한 부분만 남겨 간결하게 써야 글이 단정해집니다. 초보자의 글에는 대부분 군더더기가 있습니다. 비유하자면 이렇습니다. 사과를 수확했다고 하지요. 시장에 내다 팔기 위해서는 옥석을 가려야 합니다. 농가에서는 상품성이 없는 사과를 걸러냅니다. 글에서 불필요한 내용, 곁가지, 쓸모가 덜한 글은 빼야 합니다. 그래야 알곡만 남은 알찬 글이 됩니다. 이를 위해서는 글을 끝낸 다음 무조건 1/3이나 1/2로 줄이는 연습이 필요합니다. 그러면 자연스럽게 탄탄한 구성이 됩니다. 처음에는 덜어내는 일이 어렵습니다. 그러나 무조건 줄여야 합니다.

명쾌 – 군더더기 잡초를 뽑아라

농사를 지을 때 잡초를 뽑아야 하듯, 글에서도 잡초는 제거 대상 1호입니다. 이 잡초를 불필요한 말, 즉 사족蛇足이라고 합니다. 이 말은 화사첨족畵蛇添足에서 나왔습니다. '뱀을 그리는데 발을 덧붙인다'는 뜻이지요. 불필요한 군더더기를 말합니다. 다음 문장을 볼까요.

- 『달과 6펜스』의 주인공 스트릭랜드야말로 꿈을 이루고자 하는 우리 마음을 100퍼센트 대변하는 대표적인 인물이라고 할 수 있다.

— <글쓰기 훈련소> 수강생의 글

이 짧은 문장에서 문제점이 세 개나 발견됩니다. '~야말로, 대표적인, ~이라고 할 수 있다' 세 표현이 그렇습니다.

왜 그럴까요? '누군가의 마음을 100퍼센트 대변하는 사람'이 흔할까요? 한 명 있을까말까 할 겁니다. '~야말로, 대표적인'은 그 드물게 특별한 사람의 존재를 과장해서 수식하는 사족입니다. 또 문장을 굳이 늘여 쓸 필요가 없는데도 '~이라고 할 수 있다'고 마무리하면서 자신감 부족을 드러냅니다. 다음과 같이 고치는 게 낫습니다.

⋯› 『달과 6펜스』의 주인공 스트릭랜드는 꿈을 이루고자 하는 우리 마음을 100퍼센트 대변하는 인물이다.

불필요한 말을 최대한 줄여, 더 이상 뺄 요소가 없는 상태의 글이 가장 좋습니다. '뺄 수 있는 글자는 반드시 뺀다'는 원칙이 필요합니다. 아래 글에서는 어떤 부분이 사족이겠습니까?

◆ 오늘도 변함없이 내 곁에 자리하고 있는 그녀를 향해 미소를 보냈다.

답은 '자리하고'입니다.

⋯› 오늘도 변함없이 내 곁에 있는 그녀를 향해 미소를 보냈다.

잡초의 종류와 원인을 살펴보겠습니다. 우선 글의 연결부나 종결부의 어미를 늘어지게 쓰는 행태입니다. 아마추어는 글을 엿가락처럼 쓰는 경향이 있습니다. 늘어진 글도 잡초를 뽑으면 탄력이 생깁니다. 다음 글을 보지요.

◆ 금연 조치 때문에 직장에서 동료들과 나눌 대화 시간이 줄어들게 되었다.
⋯› 금연 조치 때문에 직장에서 동료들과 나눌 대화 시간이 줄어들었다.
⋯› 금연 조치 때문에 직장에서 동료들과 나눌 대화 시간이 줄었다.

다음 글의 마지막 문장을 볼까요. '느끼는 걸까'를 굳이 쓸 필요가 없습니다. '느낄까'면 됩니다.

> 즐거운 일과 즐겁지 않은 일, 살면서 우리는 어느 쪽이 더 많다고 느낄까. 아마 양은 거의 똑같을 터다. 그런데 왜 즐겁지 않은 일이 더 많다고 느끼는 걸까.

'~하는 데 있어'라는 표현 역시 잡초입니다.

◆ 사업을 하는 데 있어 중요한 것은 협력입니다.
⋯› 사업에서 중요한 요소는 협력입니다.

아래 글을 쓴 이는 '~보고'란 표현을 많이 쓰는 사람입니다.

◆ 지금 그 시절로 돌아간다면 많은 여자 친구를 사귀어 보고, 기타나 피아노와 같은 악기에도 미쳐 보고 싶다.

··· 지금 그 시절로 돌아간다면 많은 여자 친구를 사귀고, 기타나 피아노와 같은 악기에도 미치고 싶다.

잡초의 또 다른 종류는 피동형 문장입니다. '~된다'나 '되었다' 류의 표현입니다. 무의식적으로 많이 쓰는 습관입니다.

> 트루먼은 보험회사에 근무하는 평범한 샐러리맨이다. 그는 태어나면서부터 현실세계가 아닌 가상의 세계, 즉 스튜디오에서 살게 된다. 어느 날 옛 여자 친구를 만나 자신에 관한 비밀을 알게 되었다.
>
> —〈글쓰기 훈련소〉 수강생의 글

'살게 된다'는 '산다'로, '알게 되었다'는 '깨닫는다'로 바꿀 수 있습니다.

공평 – 단어의 겹치기 출연을 피하라

이번에는 어른답게 쓰는 글의 요건으로 '공평'을 말하려고 합니다. 여기서 저는 공평이란 단어를 '공정'이나 '정의'와는 다른 의미로 쓰겠습니다. 앞에서 우리는 '생각하다'라는 단어를 자주 쓰면 좋지 않다는 점을 거론했습니다. 아래 예문을 보지요. '생각'이란 단어와 '더 깊은 곳'이라는 표현이 반복됩니다.

◆ 이 책에서는 일상에서 보기 힘든 낯선 **생각들이** 색다른 맛을 자아낸다. 에필로그를 통해 '다음에는 조금 **더 깊은 곳**으로 들어가 보겠다.'는 작가의 **생각처럼**, **'더 깊은 곳'**에 놓여 있을 그의 문학이 기대된다.

— <글쓰기 훈련소> 수강생의 글

이를 다른 표현으로 바꾸면 글이 훨씬 좋아집니다.

⋯› 이 책에서는 일상에서 보기 힘든 낯선 **사유들이** 색다른 맛을 자아낸다. 작가는 에필로그를 통해 '다음에는 조금 **더 깊은** 곳으로 들어가 보겠다'고 말한다. 보통 사람이 **닿기 힘든** 심연에 놓여 있을 그의 문학이 기대된다.

이처럼 한 문장 안에서, 혹은 전체 글에서 같은 단어나 표현을 여러 번 쓰지 않는 것. '중복 금지 원칙'입니다. 표현이 겹치지 않아야 세련된 글이 됩니다. 피할 수 있으면 반드시 피해야 합니다. 의도적인 게 아니라면 말입니다. 이를 다음 말처럼 표현할 수도 있습니다. **모든 등장인물은 무대에 한 번씩만 오른다.** 특정 단어나 어휘가 자주 나오면 불공평하겠지요. 따라서 모든 말은 공평하게 한 번씩만 나와야 합니다. 가능한 그래야 한다는 겁니다. '생각하다'를 대체하는 표현은 다음처럼 매우 많습니다.

- ~라고 본다
- ~라고 느낀다
- ~라고 판단한다
- ~라고 여긴다
- ~라고 규정한다

'생각하다'가 글이라는 무대에 한 번만 나오게, 다른 단어로 바꿔 쓰면 세련된 글이 됩니다. 중복된 표현을 줄여 갈수록 글쓰기는 한 걸음 도약합니다. 또 다른 사례입니다. 글은 무수한 '보다'의 향연입니다.

> 이건희는 소년시절부터 엄청나게 많은 영화를 봤다. 그는 전문가 이상으로 영화와 다큐멘터리를 많이 **보는** 것으로 유명하다. 무턱대고 영화나 다큐멘터리를 감상하는 것이 아니라 자기만의 독특한 감상법으로 그것을 즐긴다. 처음에는 줄거리 위주로 **보고**, 다음은 배역 위주로 보고, 또 다음은 무대조명 위주로 **보는**, 그러니까 **볼 때마다** 관점을 달리하는 방식이다. 그러면 동일한 사물을 **보면서도** 여러 각도에서 **살펴보는** 입체적 감상법인 셈이다.
>
> — <글쓰기 훈련소> 수강생의 글

이런 글은 얼마든지 사례를 찾을 수 있습니다.

> 남의 소지품이나 사용한 물건을 보면 그 사람이 어떤 사람인지 알 수 있다.

이 글에서는 '사람'이란 말이 반복됩니다. 앞의 '그 사람'을 '그'로 바꾸면 간단히 해결됩니다. 다음 글에서는 '책'이 중복됩니다. 뒤의 '책'은 빼도 무방합니다.

책이 글쓰기의 최고 교재인 까닭은 비단 책에 지식과 정보가 넘치기 때문만은 아니다.

다음 글에서는 '무기'란 단어가 겹치고 있습니다.

◆ 처음엔 '총'이라고 대변되는 무기가 아프리카나 아메리카 원주민들에 비해 월등했기 때문에 무기로 정복했을 것이라고 여겼다. 하지만 총으로 대변되는 무기보다 더 강력하고도 무시무시한 무기가 바로 인간이었다.

어떻게든 다른 표현으로 바꿔야 중복 문제가 해결됩니다. 다음처럼 말입니다.

⋯▸ 처음엔 '총'으로 대변되는 무기가 아프리카나 아메리카 원주민들에 비해 월등했기 때문에 정복과 피정복이 이루어졌으리라 여겼다. 그러나 총보다 더 강력하고도 무시무시한 무기는 바로 인간이었다.

자신 – 똑소리 나는 글을 쓰라

강의를 의뢰받으면 해당 기업이나 기관 홈페이지를 봅니다. 강의 자료를 얻기 위해서입니다. 모 기관이 게시한 보고서 요약문의 일부를 정리한 글입니다.

> 정부는 공기업을 통해 재정의 역할을 보완 혹은 대체하는 성격을 가진 다양한 정책을 시행하기도 한다. 이처럼 정부가 재정의 역할을 대체하기 위하여 공기업을 활용하는 정책을 준재정활동이라 할 수 있다. 그러한 활동들은 해당 기관의 재무상황 등은 물론, 국민경제적으로 큰 영향을 미칠 수 있지만, 이에 대한 이해는 부족하다. 이에 본 연구에서는 공기업의 준재정활동에 대해 고찰한다.

이 글을 보면서 '자신감 결핍'이란 말이 떠올랐습니다. 자신 없는 표현이 많아서입니다. 첫 문장에 '~시행하기도 한다'고 썼습니다. '시행한다'이지 왜 '시행하기도 한다'입니까? 그 다음에 나오는 '준재정활동이라 할 수 있다'란 부분도 그렇습니다. 그냥 준재정활동이라고 하면 됩니다. 다음 글을 보겠습니다. '~모르겠다'와 '~느낀다'는 식의 표현이 눈에 띕니다. 글의 수준을 떨어뜨리는 요소입니다.

◆ 이 남자를 바보라 해야 되는 건지, 긍정적이라 해야 되는 건지를 모르겠다. 자신이 받은 상금을 여인에게 선뜻 내주었다. 그것도 고생해서 벌었는데 아무런 의심 없이 내주고 사기 당했다. 이 사람은 돈에 대한 개념이 없거나 너무 순진무구한 성격이어서 사기 당한 것 같다. 하지만 자신이 사기 당한 것을 알았을 때에 오히려 안도하였다. 진짜 긍정의 신인 듯하다. 이 글은 긍정에 대한 시각을 쓴 것 같지만 솔직히 나는 사람 조심해야겠다고 느꼈다.

— <글쓰기 훈련소> 수강생의 글

첫 문장을 다음과 같이 고치기만 해도 글이 확 달라집니다.

⋯› 이 남자는 바보일까, 긍정적인 사람일까.

자신 없는 표현이 글에 자주 등장하는 게 비단 개인의 탓만은 아닙니다. 우리 사회가 그런 표현을 남발하는 분위기라는 게 더 큰 원인입니다. 방송을 보십시오. 아나운서부터 사회자, 출연자의 말이 거의 대부분 '~같아요'로 끝납니다. 음악 오디션 프로그램을 보면 심사위원이 다음과 같이 말합니다.

"노래 잘 들었습니다. 그런데 중간에서 음정이 틀린 것 같아요."

음이 틀리면 틀린 거지 '틀린 것 같아요'는 뭐란 말입니까. 틀린 줄 모른다면 심사위원이라고 할 수 없지요. 그런데도 왜 그런 모호한 표현을 쓸까요. 듣는 사람을 의식하기 때문입니다. 좁게는 시청자이지만 많게는 네티즌, 국민입니다.

우리는 온라인 시대에 살고 있습니다. 모든 행위는 시시때때로 온라인상에서 평가되고 네티즌은 즉각적인 반응을 나타냅니다. 사소한 말 한마디에 악플이 수도 없이 달립니다. 정치적인 성향이 다르다는 이유로, 그저 거부감이 든다는 이유로 말입니다. 유명인의 말은 쉬운 먹잇감입니다. 그러다보니 언어 사용에 무척 신중할 수밖에 없습니다. 특히 특정 사안을 비판할 때 명확한 언어를 좀체 쓰지 않습니다.

이 '자신 없는 언어' 문화는 자라는 세대에게 자연스럽게 전달돼 각인됩니다. 그러다보니 젊은이들 사이에서도 '~같아요, 맞는 것 같아요' 같은 말이 넘칩니다. 불편한 진실입니다. 그 증상 중 하나가 불필요한 존대입니다. 고객에게 전하는 말이나 글이 그렇습니다. 예의를 갖춰야 한다는 강박관념이 이상한 말을 만듭니다. 어느 커피숍에서 종업원이

했다는 "손님, 커피가 나오셨습니다"라는 말이 압권입니다. 이런 예는 흔합니다. 어떤 금융기관에서 내놓은 공지 글입니다.

◆ 해외금융계좌 신고 제도에 대하여 좀 더 자세한 사항이 **궁금하시다면 언제든지 연락 주시면 성실하게 답변 드리도록 하겠습니다.**

이 글은 다음처럼 하는 쪽이 좋습니다.

⋯▸ 해외금융계좌 신고 제도에 대하여 좀 더 자세한 사항이 **궁금하시면 언제든지 연락 주십시오.**

책임 – 결국에는 진정성이다

어른이 되면 모든 일에 책임이 따릅니다. 글쓰기에서도 책임이라는 단어가 필요할까요? 일단 자신이 쓴 글은 책임을 져야 한다는 명제를 꼽을 수 있습니다. 익명을 이용해 타인을 비방하는 댓글을 쓰는 경우가 그렇겠지요. 인터넷 실명제가 도입되었음에도 온라인에는 몰상식한 댓글이 수두룩합니다. 익명匿名이 아닌 익면匿面 공간에 마구 욕구를 배설합니다. 얼굴이 드러나지 않는다고 아무 말이나 막 하는 일은 붓을 칼처럼 휘두르는 것과 같습니다. 근거 없는 비방은 명예훼손이며, 확인되지 않은 내용을 들이대는 일은 허위사실 유포입니다. 지난 2012년 국정원 댓글 사건은 글로 진실을 조작한, 대표적인 못된 사례입니다. 그런데 이쯤에서 한 가지 알아야 할 글쓰기의 비밀이 있습니다. 다음입니다. **'글은 진실하다'는 명제는 거짓이다.**

많은 글이 진실하지 않습니다. 글이 진실다고 보는 관념은 그래야 한다는 당위가 우리 머릿속에 뿌리 깊게 박히면서 생긴 착각입니다. 글쓰기 초보 때는 생각을 글로 표현하기조차 어렵습니다. 그러다가 차츰 솜씨가 늘면 자유자재로 속내를 드러냅니다. 이윽고 글을 잘 쓰는 단계에 이르면 거짓을 미화하거나 진실을 깎아내릴 수 있습니다. 인터넷에 떠도는 화젯거리나 재미있는 글 중 일부는 거짓이 많습니다. 예컨대 다음은 예전에 인터넷에 떠돌던 이야기를 요약한 글입니다.

> 한 인터넷 동호회 회원이 모친상을 당했다. 회원들이 문상을 갔다. 방명록을 쓰려는 순간 난처한 상황이 생겼다. 온라인에서는 모두 닉네임을 쓴다. 따라서 실명을 쓰면 상주가 모를 터. 한 회원이 '아무개'라고 썼다. 이어 다른 회원이 '감자양'이라고 적었다. 조문 데스크에 앉은 분의 표정이 이상해지기 시작했다. 아마도 온라인 카페 문화를 잘 모르는 모양이었다. 다른 회원이 이름을 올렸다. '거북이왕자'. 문제는 다음 회원. 그는 망설임 끝에 썼다. '에헤라디야'. 이제 남은 사람은 딱 한 명. 그는 도저히 쓸 수 없다며 자리를 떴다. 그의 닉네임은 '저승사자'였다.

이 글은 작문, 즉 작위적인 글입니다. 인위적으로 지은 글이지요. 보통 일어날 수 있는 일로 여겨지겠지만 그렇지 않습니다. 어떻게 '에헤라디야'와 '저승사자'가 특정 날에 함께 문상을 가는 일이 있을 수 있겠습니까. 더구나 장례에 전혀 어울리지 않는 닉네임을 가진 온라인 동호회 회원이라니요. 이건 그나마 애교로 봐줄 수 있습니다. 타인에게 해를 끼치지 않으니까요.

문제가 되는 글은 세상을 위협하는 '곡필曲筆'입니다. 요즘 문제가 되는 가짜 뉴스도 그 중 하나입니다. 글쓴이는 종종 자신의 생각과 다른 글을 씁니다. 글쟁이는 어떤 논리도 만들어 낼 수 있습니다. 개인의 이익을 위해, 특정 당파의 이해관계 때문에 펜이 휘어지는 일은 다반사입니다. 별 볼 일 없는 사안을 그럴 듯하게 포장할 수도, 곧은 철사를 휘게 왜곡할 수도, 하찮은 흠집을 부풀려서 확대할 수도 있습니다. 그럴 때 글은 살상 무기입니다. 언론이 한 개인을, 어떤 기업을, 나아가 나라 전체를 해칠 수 있습니다. 영화 「내부자들」(2015)에서는 언론의 그릇된 행태가 적나라하게 드러납니다. 영화 속의 언론사 주필은 기자가 상투적으로 쓰는 어법 하나를 소개합니다.

> "끝에 단어 3개만 좀 바꿉시다. '볼 수 있다'가 아니라 '매우 보여진다'로."

'볼 수 있다'는 추측성 표현이지만 '매우 보여진다'는 확신성 표현입니다. 은근히 단정하면서 책임은 회피하는 행태입니다. 신문 기사나 방송 칼럼을 읽다보면 가끔 나오는 '~으로 보인다, ~라고 관측된다, ~라고 지적한다' 같은 표현도 이런 화법의 연장선에 있습니다. 글은 생각의 표현입니다. 따라서 글은 쓴 사람의 얼굴이며 정체성입니다. 손석희 앵커로 대표되는 JTBC 뉴스의 가치는 '사실, 공정, 균형, 품위'입니다. 사실을 과감하게 보도하고, 이해관계에서 공정하며, 가치관에서 균형을 취하고, 경쟁 때문에 품위를 잃어서도 안 된다는 것입니다. 뉴스는 기자의 '글'입니다. JTBC 뉴스의 지향점은 글쓰기의 바람직한 자세를 고민하게 만듭니다.

소박 – 수수한 글이 매력 있다

어떤 직장인이 부모가 돌아가셨을 때 이런 글을 지었습니다.

> 부모님이 갑자기 돌아가셨다. 그 소식을 듣자 1만 와트 정도의 전류에 감전된 것처럼 찌릿한 고통이 순식간에 밀려왔다.

이 글을 읽고 묘한 기분이 들었습니다. '부모의 부고 글에 치장을 하면 그 슬픔이 반감되지 않을까?' 앞의 문장은 예전에 친구 모친상에 조문을 갔던 기억을 떠올리게 했습니다. 상주인 친구는 머리에 기름을 발라 곱게 넘긴 채 조문객을 맞았습니다. 그 모습을 보면서 왠지 부자연스러움을 느꼈습니다. 그 슬픈 와중에 거울을 보며 단장하는 모습이 떠올랐기 때문입니다. 물론 조문객을 위한 예의로 볼 수도 있겠지요. 글쓰기에서 과도한 치장은 금물입니다. 종이에 의도치 않은 얼룩을 남깁니다. 다음은 어떤 회사 직원이 쓴 고별사입니다.

◆ 몸도 마음도 춥고 아쉬운 한 해의 끝자락에 이사님과 가슴 아픈 이별을 해야 합니다. 송별사를 하기 위해 앞에 서니 눈물이 앞을 가로막습니다.

이 글은 다음 정도로 절제된 표현이 더 낫지 않을까요.

⋯› 몸과 마음이 추운 이 세밑에 이사님과 헤어져야 한다는 사실이 우리 마음을 시리게 합니다.

과유불급이라 했습니다. 과잉은 오히려 결핍이 됩니다. 글을 잘 쓰려다 못 쓰게 되는 꼴입니다.

오랜 침묵에서 깨어나 봄이 오는 소리를 들었습니다. 수락산 진달래꽃 아침에 방긋 웃고 저녁에 활짝 피는 소리를 들었습니다.

— 〈글쓰기 훈련소〉 수강생의 글

이 글도 두 번째 문장이 약간 닭살 돋는 느낌을 줍니다. 글을 잘 쓰려다 보면 습관적으로 꾸밈말을 많이 넣게 됩니다. 이는 감성적인 글을 우대하는, 문학적 글쓰기에 대한 동경과 무관하지 않아 보입니다. 다음 글을 볼까요?

◆ 그는 남녀의 인류학적 차이까지 들이대며 심지어 자신이 한 말조차 부인했다.

— 〈글쓰기 훈련소〉 수강생의 글

이 문장에서 '~까지, 심지어, ~조차'는 보통 수위를 넘는 표현입니다. 다음처럼 담백하게 쓰면 어떨까요.

··· 그는 남녀의 인류학적 차이를 들이대며 자신이 한 말을 부인했다.

넋두리성 글도 주의해야 합니다. 글쓰기의 미덕 중 하나는 치유입니다. 마음의 상처를 털어놓으면 기분이 한결 나아집니다. 내 상처를 객관화해서 보게 되기 때문입니다. 그러면 그 상처가 별것 아니라는 생각이 들지요. 그러나 타인에게 보이는 글에서는 이런 감정 과잉을 조심해야 합니다. 이렇게 이해하면 쉽습니다. 일상에서 누군가의 잘못된 행동 때문에 잔뜩 화가 났다고 칩시다. 그 내용을 글로 옮길 때, 아무리 부아가 치밀었다 해도 욕설을 쓸 수는 없잖습니까. 거친 말을 동원하지 않아도 읽는 이가 공감할 수 있는 글을 쓰는 게 바람직합니다.

스스로 감정에 도취돼 부르는 노래는 타인을 감동시키지 못합니다.

연애편지도 감정이 과잉되면 상대가 부담을 느낍니다. 아마추어는 사랑한다는 말을 마구 던지지만, 프로는 돌려서 은근히 느끼도록 합니다. 글을 꾸미려는 생각은 우리 민족의 특징에서 오는지도 모릅니다. 철학자 진중권도 이를 지적한 바 있습니다.

> 독일 사회는 한랭건조하고, 한국 사회는 고온다습하다. '눈물 없이 볼 수 없는' 이야기로 가득 찬 습식 TV를 보는 것은 한랭건조한 기후 속에 살다 온 사람에게는 정서적으로 힘이 드는 일이었다. 장르 구별 없이 모든 프로그램이 '드라마'를 지향하는 것도 그렇지만, 특히 인상적이었던 것은 뉴스 리포트 꼭지에조차 감정을 자극하는 서정적 음악을 배경으로 깔아놓는 관습이었다.
>
> — 진중권, 『생각의 지도』

우리의 정서를 기후에 비유한 점이 재미있습니다. 감정 과잉은 감성이 넉넉한 우리 민족 고유의 정서일까요, 시대와 사회가 만든 트렌드일까요. 어찌됐건 지나친 습도는 마음을 눅눅하게 합니다. 사람들은 잘 말라 보송보송한 글을 보고 싶어 합니다.

품위 – 대통령 취임사가 품위 있는 7가지 이유

문재인 대통령의 취임사는 명문이라는 찬사를 받았습니다. 서두는 다음과 같이 시작합니다.

> 존경하고 사랑하는 국민 여러분. 감사합니다. 국민 여러분의 위대한 선택에 머리 숙여 깊이 감사드립니다. 저는 오늘 대한민국 19대 대통령으로서 새로운 대한민국을 향해 첫걸음을 내딛습니다. **지금 제 두 어깨는 국민 여러분으로부터 부여받은 막중한 소명감으로 무겁고, 제 가슴은 한 번도 경험하지 못한 나라를 만들겠다는 열정으로 뜨겁습니다. 지금 제 머리는 통합과 공존의 새로운 세상을 열어 갈 청사진으로 가득 차 있습니다.**

독자는 시작부터 깊은 인상을 받습니다. 굵은 글씨 부분에서 마음이 움직입니다. 막중한 임무 앞에 선 대통령의 장중하고 숙연한 각오를 어깨, 가슴, 머리라는 우리 몸의 주요 기관에 실어 전했습니다. 절묘한 비유를 통해 문장 구성을 간략하게 도식화함으로써 명쾌하게 들립니다.

- 어깨 - 소명 - 무겁다
- 가슴 - 열정 - 뜨겁다
- 머리 - 청사진 - 가득 찼다

메시지가 대구 형태로 배치돼 리듬감도 느껴집니다. 대구 형태의 메시지 배치는 취임사 중 단연 압권인 다음 대목에서도 나타납니다.

> (문재인과 더불어민주당 정부에서) 기회는 평등할 것입니다. 과정은 공정할 것입니다. 결과는 정의로울 것입니다.

숙고 끝에 나온 매우 정제된 글입니다. 사유의 정으로 민주주의의 핵심을 세공했다고나 할까요. 한 문장 안에서 '기회 - 평등, 과정 - 공정, 결과 - 정의'가 대구를 이룹니다. 둘이 아닌 셋의 대구가 완결성을 높입니다. 전체 문장도 앞서 언급한 전반부의 서술과 맞물려 또 다른 대구를 이루었습니다. 글이 리듬을 타고 춤추는 듯합니다. 취임사는 우리의 현실을 되돌아보는 내용으로 이어집니다. 그런 다음 새 대통령 취임이 국민 통합의 이정표임을 선포합니다. 아래는 대통령으로서의 각오를 밝힌 부분입니다.

> 존경하고 사랑하는 국민 여러분, 힘들었던 지난 세월 국민들은 이게 나라냐고 물었습니다. **대통령 문재인은 바로 그 질문에서 새로 시작하겠습니다.** 오늘부터 나라를 나라답게 만드는 대통령이 되겠습니다. 오늘부터 나라를 나라답게 만드는 대통령이 되겠습니다.

굵은 글씨 부분을 보지요. 이 글은 주어를 다음과 같이 '저는'이라고 쓸 수 있었습니다.

> 저는 바로 그 질문에서 새로 시작하겠습니다.

그런데 취임사는 주어를 '대통령 문재인'으로 명시했습니다. 그럼으로써 화자話者의 지위가 격상됐습니다. 아울러 글의 무게감이 더해졌습니다. 화자가 단순한 개인이 아닌 대통령임을 선포하면서, 대표성을 부각시킨 것이지요. 그리하여 한 개인의 약속이 아닌 대통령의 선언이 되었습니다.

이번 취임사에서 독특한 점은 '저'라는 주어가 매우 적게 나온다는 점입니다. 주어를 많이 쓰면 촌스러워집니다. 이 점을 취임사 필자는 잘 알고 있었던 겁니다. 다만 한 가지 아쉬운 점은, 대통령 자신을 칭하면서 '저'라고 표현한 대목입니다. 좀 더 당당하게 '나'라고 했다면 더 좋았으리라 봅니다. '나는'은 강력한 주관의 표현이자 의사표현입니다. '나는'이 얼마나 강력한 표현인지는 대통령 취임 선서에서 알 수 있습니다. 헌법에 명시된 대통령 취임 선서는 이렇습니다.

> **나는** 헌법을 준수하고 국가를 보위하며 조국의 평화적 통일과 국민의 자유와 복리의 증진 및 민족문화의 창달에 노력하여 대통령으로서의 직책을 성실히 수행할 것을 국민 앞에 엄숙히 선서합니다.

여기에서 '나는'이라는 표현은 주체성과 정체성의 표현입니다. 그럼에도 문재인 대통령이 '저'라는 낮춤말을 쓴 것은 여러 상황을 감안해 겸양의 미덕을 내세울 수밖에 없었기 때문으로 봅니다. '저는'보다 '나는'을 권하는 이유를, 현대그룹 홈페이지 현정은 회장의 경영철학 소개에서 발견해 볼까요.

> 정몽헌 회장이 살아생전에 "기업이 어느 정도 규모가 되면 개인의 것이 아니라 국가와 민족의 것이다"라고 강조한 말을 저는 항상 가슴에 새기고 있습니다.[11]

글 속에서 '저는'은 겸양의 표현입니다. 만약 '나는'으로 쓰면 어땠

---

11 현대그룹 홈페이지

을까요? 쓴 사람의 지위를 고려할 때 훨씬 더 품위 있게 보일 겁니다. '나는'을 쓴다 해서 교만해 보이지 않습니다. 대통령 취임사를 계속 보지요.

> 존경하고 사랑하는 국민 여러분, 힘들었던 지난 세월 국민들은 이게 나라냐고 물었습니다. 대통령 문재인은 바로 그 질문에서 새로 시작하겠습니다.

보통은 아래처럼 쓸 공산이 높았던 글이었습니다.

> 힘들었던 지난 세월 국민들은 이게 나라냐고 물었습니다. 저는 그 말을 듣고 무척 가슴 아팠습니다. 이제부터는 나라를 나라답게 만들어야 합니다.

그러면 평범한 글이 되었을 겁니다. 그런데 '대통령 문재인은 바로 그 질문에서 시작한다'고 달리 말함으로써 비범함을 얻었습니다. 보통 사람의 위로가 아닌 책임 있는 자의 화답으로 받아들여지는 것입니다. 예를 들면 어떤 민원인이 억울한 사정을 하소연했을 때, 단순히 공감하는 차원과 그것을 이슈로 삼아 정책으로 연결하는 의지와는 다른 법입니다. 대통령은 국민의 물음을 뚜렷한 과제로 인식하고 대안을 제시한 겁니다. 바로 '나라다운 나라'입니다. 메시지를 전하는 문체의 간결성 또한 돋보입니다.

> 우선 권위적 대통령 문화를 청산하겠습니다. (……) 참모들과 머리와 어깨를 맞대고 토론하겠습니다. 국민과 수시로 소통하는 대통령이 되겠습니다. 주요 사안은 대통령이 직접 언론에 브리핑하겠습니다. 퇴근길에는 시장에 들러 마주치는 시민들과 격의 없는 대화를 나누겠습니다. 때로는 광화문광장에서 대토론회를 열겠습니다. 대통령의 제왕적 권력을 최대한 나누겠습니다. 권력기관은 정치로부터 완전히 독립시키겠습니다. 그 어떤 권력기관도 무소불위 권력행사를 하지 못하게 견제장치를 만들겠습니다.

곁가지를 싹둑 잘라낸 단문입니다. '~하겠습니다, ~되겠습니다, 열겠습니다, ~만들겠습니다'와 같은 표현이 그렇습니다. 글에서 결기가 느껴집니다. 취임사에는 문장의 유려함, 대구의 리듬감, 단문의 긴장감, 설계의 정교함, 어휘의 엄밀성, 수사의 절제미, 사유의 진정성이 골고루 들어가 있습니다. 그 가운데서도 국민의 박수를 이끌어낸 무엇보다 큰 요인은 진정성일 겁니다.

> 오늘부터 저는 국민 모두의 대통령이 되겠습니다. 저를 지지하지 않았던 국민 한분 한분도 저의 국민이고, 우리의 국민으로 섬기겠습니다. 저는 감히 약속드립니다. 2017년 5월 10일, 이날은 진정한 국민 통합이 시작된 날로 역사에 기록될 것입니다.

문재인 후보에게 투표하지 않은 사람까지 잊지 않고 챙겼으며, 낮은 자세로 받들겠다는 상생 의지가 보입니다. '아 다르고 어 다르다'는 말이 있습니다. 같은 말이라도 어떻게 하느냐에 따라 공감도가 달라집니다. 세월호를 언급할 때 다음 두 문장은 뉘앙스가 다릅니다.

- 세월호 사건은 우리 모두의 책임입니다.
- 우리 사회 전체가 세월호가 아니었을까요.

품격도 그렇습니다. 앞에 나온, 아래 두 문장은 그래서 차이가 있습니다.

- 새 정부는 평등하고 공정하며 정의로운 세상을 만들겠습니다.
- 새 정부에서 기회는 평등할 것입니다. 과정은 공정할 것입니다. 결과는 정의로울 것입니다.

3장

기술 학습 : 8단계 요령이면 준비 완료

체계적인 작법을 알면
어떤 글이든 자신 있게 쓸 수 있다.
글쓰기의 기본기를
단계적으로 학습한다.

하나. 장르 선택하기

당신이 지금 컵에 대한 글을 쓰라고 요구받는다면 어떻게 쓰겠습니까. 보통 사람은 대개 경험을 서술합니다. 가장 쉽기 때문입니다. 예를 들면 이런 글입니다.

> 컵은 늘 나의 허기를 달래 주었다. 어릴 때 엄마는 아침마다 잠이 덜 깬 내 앞에 컵을 내밀었다. 비몽사몽 마시던 그 우유는 얼마나 맛있었던가.

그러나 하나의 소재를 가지고 쓸 수 있는 글은 여러 종류입니다. 글은 일기나 에세이부터 설명문, 연설문, 사설, 칼럼, 논술, 소설, 시 그리고 기사까지 여러 갈래가 있습니다. 따라서 어떤 장르의 글을 쓸 것인지를 먼저 결정해야 합니다.

Point **글의 종류(형식에 따른 분류)**

일기, 에세이, 설명문, 연설문, 사설, 칼럼, 논술, 소설, 시

이를 내용적으로 분류하면 다음과 같습니다.

Point **글의 종류(내용에 따른 분류)**

경험 글 : 일기, 에세이
설명 글 : 설명문
주장 글 : 연설문, 사설, 칼럼
논리 글 : 논술
상상 글 : 소설

경험 글은 일상에서 흔히 보는 글입니다. 일기나 SNS에 올라오는 대부분의 글이 그렇습니다. 주장 글은 신문 사설이나 칼럼에서, 화제나 정보를 담은 글은 뉴스에서 나타납니다. 상상 글의 대표적인 예는 소설입니다. 다시 앞으로 돌아가겠습니다. 다음은 컵에 대한 설명 글입니다.

컵은 무언가를 담는 그릇이다. 모양은 둥근 원이 위 아래로 있다. 원기

등을 연상하면 된다. 다만 위가 아래보다 크다. 또한 아래쪽은 닫혀있고 위쪽은 열려 있다. 컵은 재질에 따라 종이컵, 유리컵, 플라스틱 컵 따위로 나뉜다.

이번엔 컵에 대한 사유를 담은 글입니다.

컵은 의외로 훌륭한 발명품이다. 컵이 없다면 물이나 음료를 마시는 게 불편하다. 무엇보다 숱한 사랑이 싹트지 못한 채 '고사'할 것이다. 짝사랑하는 그녀에게 따뜻한 '마음 한 잔' 전하려는 남자들이 자판기 앞에서 동전을 든 채 당혹스럽게 바라보고 있을 수밖에 없을 테니까.

다음은 대학교에 다닐 때 서울역 앞에서 겪은 사건을 옮긴 글입니다. 길거리 도박판 풍경인데, 소설처럼 써 봤습니다.

사람들이 모여서 웅성거렸다. 인파를 헤집고 들어가니 탁자 위에 컵 세 개가 있다. 빨간색, 파란색, 흰색 컵이다. 주인이 동전을 넣은 컵을 요리조리 돌렸다. 판돈이 오가고 있다. 한 사람이 파란 컵을 선택해서 돈을 걸었다. 옆 사람이 돈을 걸라고 권했다. 얼떨결에 만 원짜리를 내놓았다. 컵이 개봉되었다. 그러나 동전은 없었다. '내 눈으로 똑똑히 봤는데…….' 그러나 그는 알지 못했다. 그가 호주머니에서 돈을 꺼내는 순간, 컵이 바뀌었다는 사실을.

컵을 소재로 주장하는 글을 쓸 수도 있습니다. 제 지인은 '이름 컵'

아이디어로 사업을 시작했습니다. 컵에 사람 이름과 당사자를 수식하는 말을 새긴 전용 컵을 파는 것입니다. 예컨대 '내일은 나도 작가—임정섭'과 같은 식입니다. 판촉용 팸플릿에는 아마 다음과 같은 소개가 나오겠지요.

> 이 컵은 당신이 반드시 곁에 둬야 할 필수품입니다. 일회용 컵과 다른 당신의 분신입니다. 컵을 볼 때마다 자부심을 느낄 것입니다. 컵에 새긴 멋진 글귀는 당신의 꿈을 늘 응원합니다. 그리하여 언젠가 닿고 싶은 목표로 인도할 것입니다.

우리는 보통 글을 시작할 때, 무엇을 쓸까 고민합니다. 그런데 어른이라면 일단 어떤 글을 쓸 것인지부터 선택해야 합니다. 저라면 컵을 두고 다음과 같은 글을 쓰겠습니다. 강력한 주장 글입니다.

> 컵은 컵이 아니다. 컵은 더 이상 물을 따라 마시는 그릇이 아니다. 촛불과 만났을 때 컵은 민심의 상징이 됐다. 그 컵에 담은 것은 일회용의 한줌 생수가 아니라 거대한 분노의 물결이었다. 우리가 이룬 벅찬 민주주의의 영원한 상징이 됐다.

둘. 목표 설정하기

우리는 경험 글을 쓰는 데 익숙합니다. 글 하면 경험이 먼저 떠오르기 때문입니다. 꽃에 대해 쓰라고 하면 대개 좋아하는 꽃을 쓰거나 꽃에 얽힌 이야기를 소재로 삼을 확률이 높습니다. 경험 글을 쓸 때도 고려해야 할 사항이 있습니다. 경험적 글쓰기도 여러 갈래로 나뉩니다. 보통은 자기 자신을 되돌아보는 글을 많이 씁니다. 이를테면 이런 글이겠지요.

쨍그랑. 내 방에서 그릇 깨지는 소리가 났다. 어머니가 청소하다 컵을 깬 것이다. 외국 사는 친구가 보내준 유명 커피숍 로고가 새겨진 컵이었다. 엄마는 나를 보고 미안한 표정을 지으셨다. 난 어머니에게 벌컥

화를 냈다. "그러니까 내 방은 내가 치운다고 했잖아. 이게 얼마나 비싼 건데. 어떻게 할 거야." 사실 컵이 그리 소중한 것도 아니었다. 대체 그때는 왜 그렇게 철없는 투정을 부렸을까. 어머니가 돌아가신 지금, 컵을 볼 때마다 아릿한 후회가 밀려온다.

— <글쓰기 훈련소> 수강생의 글

글 자체는 좋습니다. 다만, 타인이 읽을 경우 예상하지 못한 문제가 생깁니다. 큰 관심을 끌지 못한다는 겁니다. 특정인의 소소한 경험은 일부 독자의 공감을 살 수 있겠지만 즐거움까지 주지는 않습니다. 유명 인사나 작가의 경우에는 별 볼 일 없어 보이는 이야기도 잘 읽힙니다. 그러나 범인凡人이 쓴 글, 그 가운데서도 특히 반성의 글은 호응도가 떨어집니다.

다른 사람에게 보여주는 글은 혼자만 보는 글과 다릅니다. 글을 다른 사람에게 보여준다는 건 음식을 대접하는 것과 같습니다. 그 경우엔 알맹이가 있어야 합니다. 바로 '뉴스'입니다. 여기에서 뉴스란 '흥밋거리'를 뜻합니다. 사람들의 호기심을 자극하거나 사람들에게 재미를 주는 글입니다. 타인을 배려하는 글쓰기입니다.

전작 『글쓰기 훈련소』와 『심플』에서 뉴스의 유형 네 개를 소개했습니다. **'화제, 정보, 감동, 이슈'**가 그것입니다. 글은 이 네 유형 중에 하나를 담아야 독자가 흥미롭게 읽습니다. 사과를 가지고 설명해 보겠습니다. 먼저 화제 글입니다.

> 골드러시Gold Rush. 19세기 미국에서 금광을 찾아 사람들이 대거 몰린 현상을 말한다. 그렇다면 금 대신 사과에게도 그런 일이 일어났다는 사실을 아는가. 소위 '그레이트 애플 러시Great Apple Rush가 그것이다. '조너선', '볼드 윈', '그림스 골든'이란 품종을 발견한 사람들이 돈과 명성을 한꺼번에 거머쥐었다. 그러자 농부들은 인기 품종을 찾아 대박을 꿈꾸며 전국을 찾아다녔다. 대략 8만분의 1밖에 되지 않는 가능성을 좇아 미국 전체가 들썩거렸다.
>
> — 마이클 폴란, 『욕망하는 식물』

두 번째는 유용한 지식과 정보 전달입니다. 예를 들어 '눈 속의 사과apple of one's eye'라는 영어 표현을 언급하는 글을 다음처럼 쓸 수 있습니다.

> 사과는 달콤한 과일이다. 그래서 영어엔 '눈 속의 사과apple of one's eye'라는 말이 있다. 어미가 자식을 끔찍이 아낀다는 뜻으로 쓰는 우리 말 '눈에 넣어도 아프지 않다'는 관용어와 비슷하다. 눈 속의 사과는 눈에 넣어도 아프지 않을 만큼 소중한 존재라는 뜻이다.

읽는 이의 마음을 뭉클하게 하는 사과 이야기도 있습니다. 사과 하나로 현대미술을 연 세잔(1839~1906)이나 '독이 든 사과'를 먹고 목숨을 끊은 영국 천재 수학자 앨런 튜링(1912~1954) 이야기가 그렇습니다. 감동이란 범주입니다. 마지막으로 특정 이슈를 던지거나 논란이 되게 할 용도의 글이 있습니다.

> 사과는 원죄의 상징이다. 하나님은 최초의 인간 아담과 이브에게 사과나무의 열매를 따 먹지 말라고 했다. 선악을 알게 하는 나무였다. 그러나 둘은 금기를 깼고 에덴에서 쫓겨났다. 그 선악과는 사과였다. 우리는 그렇게 알고 있다. 그러나 다른 의견이 있다. 선악과가 복숭아나 토마토 혹은 바나나란 설이다. 유력한 과일은 바나나다. 히브리어와 그리스어로 된 가장 오래된 성경 원본들 대다수에는 선악과가 사과라는 언급이 없다. 그렇다면 어떻게 된 것일까. '선악과=사과'라는 등식은 번역과정에서 탄생했다. 동음이의어(즉 소리는 비슷하지만 뜻은 다른) 번역의 오류였다.
>
> — 댄 쾨펠, 『바나나 : 세계를 바꾼 과일의 운명』

사과를 두고 글을 쓰기 전에 화제, 정보, 감동, 이슈 가운데 글에 담을 뉴스를 택하는 것은 사과를 재료로 음식을 만드는 일과 같습니다. 어떤 음식을 만들지 정하는 겁니다. 자신의 경험 속에서 네 개의 범주에 해당하는 이야기가 무엇인지 곰곰이 따져 보십시오.

셋. 포인트 찾기

글쓰기의 출발은 '무슨 글을 쓸 것인가'라는 질문, 즉 주제를 정하는 것입니다. 그런데 주제란 말은 어렵고 추상적으로 다가옵니다. 사랑과 우정, 존재와 의미 따위처럼 말이지요. 리포트, 보고서, 논문과 같은 긴 호흡의 글을 쓸 때는 어렵더라도 주제를 먼저 잡아야 합니다. 반면 일상에서 쓰는 짧은 호흡의 글은 주제를 굳이 잡지 않아도 됩니다. 일기를 쓸 때 주제를 잡고 쓰지는 않잖습니까. 그럴 때는 '무슨 글을 쓸 것인가'라는 질문 앞에서 주제보다는 포인트를 잡아야 합니다.

포인트라는 단어를 두고 국어사전은 '핵심, 강조(점), 효과'로 순화하라고 권합니다. 그러나 원래 영어 단어에는 더 많은 뜻이 있습니다. '의견, 요점, 의미, 사실, 요소, 시점, 장소, 점點, 단위, 뾰족한 점'입니다.

'무엇을 쓸 것인가'에 대한 답으로서 포인트는 '뾰족한 점'이라고 생각하면 좋습니다. 뾰족하게 돌출된 부분입니다. 바늘의 끝, 빙산의 일각, 물체의 뾰족한 끝입니다. 모서리나 날을 뜻하는 엣지edge와 비슷합니다. '가장 인상적인 부분'입니다. 경험을 쓴다면 가장 인상적인 사건을, 사람에 대해 쓴다면 독특한 특징을 찾는 일입니다.

Point **포인트의 범주①**

가장 재미있는 일
가장 의미있었던 일
가장 자랑스러웠던 일
가장 슬펐던 일

여기에서 중요한 점은 '인상적인 것'의 범주가 중요하고 화려하고 뜻깊은 일만이 아니라는 사실입니다. 다음과 같은 경우도 매우 중요한 포인트입니다.

Point **포인트의 범주②**

가장 민망했던 일
가장 찝찝했던 일
가장 심심했던 일
가장 이해할 수 없던 일

포인트를 잡는 일을 설명해 보지요. 앞에서처럼 사과나 컵에 대해 글을 쓴다면, 사과나 컵과 관련한 '무엇'을 쓸 것인지 고민하는 일이 바로 포인트 잡기입니다. 그런데 이 포인트가 보통 사람 눈에는 잘 보이지 않습니다. 혹시 사진작가와 출사를 나가 본 적 있으신지요. 아마 함께 사진을 찍어 보면 프로와 아마추어가 얼마나 다른지 알 것입니다. 같은 풍경을 보더라도 달리 찍습니다. 포인트가 다릅니다. 마찬가지로 글을 프로처럼 잘 쓰려면 **소재를 찾는 감각을 단련시켜야** 합니다. 섬세한 촉각, 예리한 감수성, 날카로운 주제의식 같은 것입니다.

독창적인 글, 고정관념을 깨는 글, 상상력이 풍부한 글, 개성 있는 글, 날카로운 비평 글, 허를 찌르는 글, 예상을 뒤엎는 파격의 글은 포인트를 잘 잡는 데서부터 출발합니다. 예를 들어 어머니에 대해 글을 쓴다고 하지요. 다음과 같이 포인트를 잡아서 글을 쓴다면 어떨까요?

어머니는 사라져야 할 과거의 유산이다.

너무 도발적인가요? 어머니를 생물학적 어머니로 보지 않고 어머니란 단어로 대표되는 모정으로 해석하면 그런 포인트를 잡을 수도 있습니다. 최근 지인에게 들은 이야기에서 포인트를 잡아 쓴 글입니다.

어머니는 사랑과 헌신의 대명사다. 자식에게 늘 주기만 한다. 그런 탓에 요즘 젊은이들은 부모에 의존하는 마음이 강하다. 어느 직장에서는 어머니가 전화해서 자식(신입사원)이 아파서 출근하기 어렵다고 말했다고 한다. 좀 심한 일 아닌가. 다 어머니 탓이다. 제 자식만 챙기는 일부 모정!

문학에서는 남들이 보지 못한, 생각하지 못한, 상상하지 못한 주제나 소재로 독자를 놀라게 한 사례가 많습니다. 아니, 그것이 곧 글쓰기의 역사입니다. 말하자면 글쓰기는 독창성의 역사이지요. 독창적인 글은 늘 독자의 사랑을 받습니다. 이는 이어령 전 문화부장관의 사례에서도 찾을 수 있습니다. 1955년 이어령은 서울대학교 문리대 학보에 「이상론李箱論」을 발표했습니다. 그는 새롭게 포인트를 잡아 이상을 복원했습니다. 당시 이상은 작가라기보다는 그냥 미친 사람 정도로 취급받고 있었다고 합니다. 그런데 이어령은 독특한 관점으로 이상의 난해한 작품들을 분석해 파장을 일으켰습니다.

포인트를 잘 잡는다는 말은 비범한 사람을 불러 세워 무대에 세우는 캐스팅 작업과 비슷합니다. 눈 밝은 감독을 만나면 무명 배우도 빛나는 보석이 됩니다. 일수사견一水四見이라는 불교 용어가 있습니다. 같은 대상도 보는 이에 따라 여러 가지 시각이 생긴다는 내용입니다. 물을 두고 물고기는 자기 '집'이라 생각하며, 목이 타는 듯 마른 사람들은 갈증을 해소하는 '생명수'로 보며, 천상에서는 아름다운 '보석'으로 인식하고, 지옥에서는 '피고름'으로 본다는 뜻입니다. 이는 글쓰기에서 저마다 다른 포인트를 잡은 것과 같습니다.

넷. 핵심부터 적기

맛 칼럼니스트 황교익 씨가 방송에서 다음 주제로 강연했습니다.

'음식에 따라 반응하는 미각'

재미있는 주제입니다. 그런데 이 문장을 보고 강연의 주제는 유추할 수 있으나, 정확한 메시지는 알 수 없습니다. 즉 할 말이 무엇인지는 모른다는 것입니다. 다음 셋 중 하나일까요?

- 미각은 신비롭다.
- 미각은 음식에 따라 변한다.

- 미각은 천의 얼굴이다.

'음식에 따라 반응하는 미각'만으로는 잘 모르겠습니다. 만약 황교익 씨가 앞의 주제로 원고를 쓴다면 핵심 문장을 쓰고 시작하라고 조언하겠습니다. 1장에서 잠깐 언급했듯, 많은 논문 제목 역시 그렇습니다. 주제는 드러내되 핵심 내용은 알 수 없습니다. 아래는 글쓰기 관련 논문을 검색해서 얻은 자료입니다.

- [제목] 자아 정체성 구성으로서의 글쓰기교육 연구 : 대학에서의 글쓰기 프로그램 적용 사례를 중심으로

이 제목은 어떤 내용을 다루고 있는지 짐작할 수 있게 하지만, 논문이 정확히 말하고자 하는 내용(결론)은 알 수 없습니다. 따라서 이렇게 제안합니다. **핵심 문장**Point Sentence**부터 쓰고 글을 시작하라.**

말하고자 하는 바(핵심 메시지)를 한 문장(혹은 두 문장)으로 나타내는 것입니다. 박근혜 전 대통령은 국회의원 시절, 고故 노무현 전 대통령을 두고 "참 나쁜 대통령"이라고 칭했습니다. 당시 박근혜 의원이 말 대신 글을 썼다면 바로 그 말이 핵심 문장입니다(다만 왜 나쁜 대통령인지 근거를 반드시 세워야 했겠지요).

누군가를 두고 '그는 참 착하고 예쁘다'고 말했다면, 그는 당사자에 대해 쓸 글의 핵심 메시지를 말하고 있는 것입니다. '나'에 대한 글을

쓴다고 하지요. '나는 채식주의자다'라고 말한다면 이것이 자기를 소개하는 글의 핵심 문장입니다. 핵심 문장을 뒷받침할 근거를 잘 밝히면 멋진 글이 됩니다. 한강 작가는 소설 『채식주의자』로 2016년 맨부커상을 받아 유명세를 탔습니다. 당연히 이 소설에도 작가가 말하려는 내용을 압축한 핵심 문장이 있었을 겁니다. 거창해 보이는 소설도 한 문장에서 출발합니다. 이선영 소설가는 다음 한 문장을 『천 년의 침묵』이라는 소설 한 권 분량으로 늘렸습니다.

> 무리수를 발견한 히파소스를 피타고라스학파가 우물에 빠뜨려 죽였다.
>
> — 이선영, 『천 년의 침묵』

이선영은 "어느 날, 수학 참고서적에서 발견한 이 한 줄의 글이 나를 기원전 6세기의 그리스로 데려갔다"라고 말했습니다. 물론 그 과정은 지난했겠지요. 그녀는 "도서관 화장실에서 머리를 처박고 울었다"라고 소설 창작 과정의 어려움을 토해냈습니다. 핵심 문장 하나를 가슴에 안고 힘든 길을 달린 것입니다. 핵심 문장이 확장돼 한 편의 글이 됩니다. 한 문장이 씨앗이 되어, 굵은 줄기와 무성한 잎을 만듭니다. 그리하여 글이라는 숲을 이룹니다. 긴 글이 단 하나의 핵심 문장에서 출발했다는 사실은 쉽사리 믿기지 않습니다. 그러나 믿어야 합니다.

미국 캘리포니아 세쿼이아 국립공원에 자이언트세쿼이아란 나무가 있습니다. 이 나무는 키가 100미터 정도까지 자랍니다. 그 앞에서 사진을 찍으면 사람이 매미처럼 작게 보일 만큼 거대한 나무도 작은 씨앗 하나에서 출발했습니다. 따라서 역으로 이렇게 말할 수 있습니다. **글 한 편 속에는 핵심 문장이란 씨앗이 있다.** 아래 글을 봅시다.

> 페루의 와카치나 사막은 원래 숲이었다. 그곳엔 숲을 돌보는 여신이 있었다. 어느 날 한 멋진 남자가 숲을 방문했다. 여신은 그 남자를 만나 사랑에 빠졌다. 행복한 나날이 흘렀다. 여신의 외도로 인해 숲은 점차 황폐해졌다. 숲은 여신을 어르고 달랬다. 그러나 여신은 귀담아 듣지 않았다. 화가 난 숲은 복수를 시작했다. 여신이 입고 있던 옷을 모래로 만들어버렸다. 또한 여신이 치장하기 위해 늘 들여다보던 거울은 오아시스로 바꾸어버렸다. 벌거벗겨진 여신은 수치심을 느끼고 오아시스로 뛰어들었다. 순간, 숲은 그마저 인어로 바꾸어버렸다. 사랑을 잃은 남자는 여신이 그리운 달밤에 오아시스로 와서 노래를 불렀다. 죽을 때까지. 여신은 그 남자가 그리울 때마다 눈물을 흘렸다. 그 사막의 오아시스는 결코 마르는 법이 없었다.
>
> — 오소희, 『안아라, 내일은 없는 것처럼』

이 글은 아래와 같은 핵심 문장이 확장된 것입니다.

> 페루의 와카치나 숲은 숲을 돌보는 여신의 외도 때문에 사막으로 변했으며, 숲의 저주를 받은 오아시스는 임을 그리워하는 여신의 눈물로 마를 날이 없다.

이 글을 좀 더 줄인 내용을 핵심 문장으로 볼 수도 있습니다.

> 페루의 와카치나 숲은 사랑 때문에 사막이 되었고, 오아시스는 저주를 받아 마르지 않는다.

글을 쓸 때는 핵심 문장부터 써 놓고 시작해야 함을 한 번 더 강조하겠습니다. 글쟁이는 두 가지 타입이 있습니다. 제목을 써 놓고 시작하는 타입과 그렇지 않은 타입니다. 여기에서 제목이 바로 핵심 문장과 같습니다.

사람들은 연초에 한 해의 목표나 각오를 마음에 새깁니다. 어떤 이는 너그러워지는 일이 목표고, 어떤 이는 참아 내는 일이 목표이며, 어떤 이는 사람을 많이 사귀는 일이 목표일 수 있습니다. 한자로 적으면 누구에게는 인仁일 수 있고, 누구에게는 인忍일 수 있으며 누구에게는 인人일 수 있습니다. 그 한 글자에서 인생이란 서사가 출발합니다. '나는 이렇게 한 해를 살겠다'는 의지의 표현입니다. 그 한 글자가 바로 삶의 문장입니다. 보다 정확히는 '인생의 핵심 문장'이라고 하고 싶습니다. 글 시작에 앞서 핵심 문장을 쓰는 일은 나아갈 방향을 정하는 것입니다. 무슨 말을 할지 선언하는 것입니다. 끝까지 지키겠다고 맹서하는 것입니다.

다섯. 근거 제시하기

"요즘 젊은이들은 싸가지가 없어."

누군가가 이렇게 말했다고 합시다. 보통 사람의 말이라면 그냥 듣고 흘려 버릴 수 있습니다. 그러나 유명인사의 말이라면 큰일 날 일입니다. 근거가 무엇이냐는 거센 비판에 직면하니까요. 만약 그 누군가가 '젊은 세대'와 관련된 글을 쓴다고 합시다. 그렇다면 '요즘 젊은이들은 싸가지가 없다'는 주장이 바로 핵심 문장입니다. 그렇다면 글은 어떻게 전개될까요. 일단 근거를 들이대는 일로부터 시작될 것입니다.

모든 주장에는 근거가 따릅니다. 마치 바늘에 실 가듯이, 요즘 말로 하면 휴대폰에 배터리 혹은 충전기가 따라다니듯이 말입니다. 건전지가 없으면 전자기기는 제 기능을 못 합니다. 자동차 렉서스 예를 들어 보겠습니다. 최근 나온 렉서스는 다음과 같은 평가를 받고 있습니다.

> 렉서스의 새 차는 디자인에서 자신만의 '정교한 아름다움L-finesse'을 구현했다.

그렇다면 이것이 핵심 문장입니다. 여기에 살을 붙이면 다음과 같은 내용으로 발전합니다.

> 렉서스는 내부 인테리어의 곡선이 고급스럽고 중후하며 외관은 혁신적이다. 탁월한 기술력을 바탕으로 한 산업디자인의 결정체다.

주장에 근거를 약간 더했습니다. 나아가 여기에 구체적인 근거가 들어가면 더 좋은 글이 됩니다.

> 최근 나온 렉서스의 새 차는 디자인이 뛰어나다. 자신만의 '정교한 아름다움L-finesse'을 구현했다. 내부 인테리어의 곡선이 고급스럽고 중후하며 외관은 혁신적이다. 탁월한 기술력을 바탕으로 한 산업디자인의 결정체다. 헤드램프와 아웃사이드 미러를 비롯한 부품의 모양이 세공이라도 된 것처럼 치밀하다. 특히 대시보드 주변에 쓰인 천연 나무 소재는 장인들이 무려 38일 동안 67개의 공정을 통해 수작업으로 광택을 냈다.

주장을 뒷받침하는 근거는 여럿일 수 있습니다. 경험, 지식, 설명, 수치, 데이터 등입니다. '백의의 천사'로 알려진 간호사 나이팅게일(1820~1910)도 근거를 들어 자신의 주장에 힘을 실은 바 있습니다. 크림전쟁(1853~1856) 때 일입니다. 그녀는 다음과 같은 주장을 폈습니다.

> "전투에서 직접 사망한 군인의 숫자보다 간접 사망한 숫자의 비율이 더 높습니다."

나이팅게일은 전투에서 총을 맞고 즉사하거나 부상당해서 죽은 사망자보다 감염 등 열악한 의료 환경으로 인한 사망자가 더 많다는 사실을 발견했습니다. 그리하여 자신의 주장을 시각자료로 만들어 설득했습니다. 나이팅게일은 그 보고서를 바탕으로 전장의 의료 환경을 개선했고, 그 덕에 사망률은 40퍼센트에서 2퍼센트 미만으로 떨어졌습니다. 다른 예입니다. 올 봄 언론이 일제히 다음과 같은 문장이 실린 기사를 보도했습니다.

> 올해 2월 수출이 반도체 호황에 힘입어 5년 만에 최대 상승률을 나타냈다.

이 문장에는 많은 데이터가 숨어 있습니다. 다시 말해 문장은 하나지만, 들이대야 할 근거자료는 여럿이라는 말입니다.

1. 반도체 호황 : 지난해 반도체 실적이 나와야 한다. 올해 수출이 호황이라고 하기 위해서는 그에 견줄 수 있는 이전 년도 수치가 있어야 한다.
2. 2월 수출 : 2월 전체 수출 실적이 나와야 한다. 어떤 품목이 실적이 좋고, 어떤 품목이 실적이 나쁜지 구분돼야 한다.
3. 5년 만에 : 5년 전인 2012년의 수출 실적 수치가 나와야 한다.
4. 최대 상승률 : 얼마나 올랐는지, 즉 상승률이 나와야 하고 매년 얼마나 상승했는지 비교할 수 있는 데이터가 나와야 한다.

보고서 작성은 항아리에 돌을 가득 넣는 행위와 같습니다. 큰 돌을 넣으면 빨리 채워집니다. 그러나 큰 돌 사이의 작은 공간은 채워지지 않습니다. 따라서 사이사이를 작은 돌과 모래로 채워야 합니다. 보고서는 구체적인 자료로 촘촘히 채워져야 한다는 의미입니다. 자료가 부족한 보고서는 추상적이고 엉성하게 보이며, 설득력도 떨어집니다. 보고서의 수준 차이는 데이터의 정확성, 풍부성에서 갈립니다. 당신이 아이들이 휴대폰을 많이 쓰는 게 걱정돼서 다음처럼 말했다고 칩시다.

"애들아, 제발 휴대폰 좀 그만 봐라."

근거 자료를 적어도 5가지는 댈 수 있습니다.

1. 자녀의 휴대폰 사용량과 시간

2. 옆집 자녀의 휴대폰 사용량과 시간

3. 청소년 평균 휴대폰 사용량과 시간

4. 공부 잘하는 청소년의 휴대폰 사용량과 시간

5. 선진국 청소년 휴대폰 사용량과 시간

주장은 바늘이고 근거는 실입니다. 주장하는 글은 근거를 대는 일로부터 시작합니다. 어른이라면 반드시 주장에 책임을 져야 합니다.

여섯. 편집하며 서술하기

글쓰기는 기본적으로 대상object에 대한 생각thought의 결합입니다. 즉 특정 대상에 대해 내 의견을 서술하는 것이 기본 글쓰기 과정입니다. 그런데 우리는 대상을 보자마자 평가해버립니다. 고정관념이나 선입견에 따라 상대를 판단해 버린다는 것입니다. '동물적 감각'이란 말 들어 보셨지요. 바로 생존본능입니다. 동물 입장에서는 상대가 나타나자마자 적인지 친구인지 판단하는 일이 매우 중요합니다. 글쓰기에서도 그런 습성이 나타납니다. 우리는 글을 쓸 때 생각이나 창의력, 상상력을 매우 중요시하는 교육을 받았습니다. 그러다 보니 대상에 대한 인식과 관찰은 상대적으로 소홀히 취급합니다.

우리는 보고 읽고 듣는 일을 잘한다고 생각하기 쉽습니다. 그러나 그렇지 않습니다. 시이불견視而不見이라는 말처럼 '보고 있어도 못 보는' 경우가 수두룩합니다. '청맹과니'처럼 멀쩡한 눈을 가지고 앞을 보지 못하는 사람도 있습니다. '달을 가리키는데 손가락을 쳐다본다'는 말처럼 헛다리를 짚기도 합니다. 이런 표현이 존재한다는 사실 자체가 사람들이 대상을 '잘' 보지 못한다는 방증이겠지요. 대상을 제대로 못 보면 생각이 올바르게 정리되지 않습니다. 설핏 보고 판단하면 오류가 생깁니다. 대상을 제대로 봐야 좋은 생각이 떠오릅니다. 가령 어떤 글(대상)을 가지고 글을 쓴다고 해도 마찬가지입니다. 글을 정확하게 읽은 뒤에 그에 걸맞은 '생각쓰기'를 해야 합니다. 예를 들어 "나는 생각한다, 고로 존재한다"라는 데카르트(1596~1650)의 말을 놓고 글을 쓴다고 하지요. 아시다시피 여기서 '생각한다'는 말은 '회의懷疑한다'는 뜻입니다. 모든 존재를 의심함으로써 '나'라는 존재에 대한 확고한 인식에 다다른 것이지요. 그러지 않고 회의란 단어를 단순히 '생각'으로 인식한다면 제대로 된 글이 나오지 않을 겁니다. 예전에 한 방송국에서 선진국이 개발도상국의 물을 약탈한다는 내용의 다큐멘터리를 방영한 적이 있습니다. 다큐멘터리는 다음과 같은 분석을 전했습니다.

> 유럽인은 장미를 좋아한다. 그런데 장미의 70%는 아프리카 케냐산이다. 실제로 케냐는 한때 세계 최대의 장미 생산국이었다. 선진국 사업가들은 케냐의 나이바샤 호수 근처에 농장을 세워 장미를 재배했다. 그런데 무분별하게 들어선 장미농장은 호수의 물을 고갈시켰고, 나아

가 호수를 끼고 살아가는 주민의 삶을 위기에 빠트렸다.[12]

이런 분석에 대해선 다음처럼 각기 다른 의견이 나올 수 있습니다.

- 선진국이 나쁘다.
- 개발도상국의 아픔을 고려한다면(혹은 수자원을 걱정한다면) 장미를 사면 안 된다.
- 우리가 좋아하는 장미꽃이 실은 악마의 꽃이다.

사실에 대한 가치 평가나 의견은 사람마다 제각각일 수 있지만, 사실 자체는 하나입니다.

선진국은 장미꽃을 사업화 하는 과정에서 개발도상국의 수원지 물을 고갈시키고 인근 주민의 삶을 피폐하게 만들었다.

만약 누군가가 이 방송의 리뷰를 써야 한다면, 내용을 정확히 인식하는 게 기본입니다.

글쓰기는 또한 생각과 배경정보background information의 편집입니다.

---

12 「SBS 스페셜 – 물은 누구의 것인가」, 2013년 10월 6일 방영

생각만으로 글을 채울 것이라는 생각은 고정관념입니다. 예를 들어 책을 읽고 서평을 쓸 때, 생각만으로 A4 용지 한 장을 채우긴 어렵습니다. 서평에는 책의 줄거리나 특정한 내용이 소개됩니다. 배경정보도 빼놓을 수 없습니다. 작가, 작품 배경, 비슷한 책에 대한 정보 따위가 그것입니다.

글쓰기는 본인의 글과 외부의 글을 결합하는 과정이기도 합니다. 외부의 글이란 다른 곳에서 얻은 재료news를 말합니다. 여기서 재료는 요리로 치면 부재료인 셈입니다. 에피소드나 사례라든지 특정한 법칙이나 이론, 효과 등입니다. 다른 재료를 넣으면 글이 확 살아납니다.

새 대통령의 서민 행보가 연일 화제입니다. 아랫사람과의 격의 없는 소통, 먼저 낮은 자세를 택하는 모습 등을 두고 대통령의 리더십을 논하는 칼럼을 쓴다고 가정하지요. 이때 다음 재료를 넣는다면 글이 훨씬 빛날 것입니다.

> 어떤 왕이 신하들과 사냥을 나갔다가 일정이 너무 늦어졌다. 귀환하던 중 저 멀리 마을 불빛이 보였다. 왕은 초라한 민가를 가리키며 하룻밤 쉬어 가자고 말했다. 신하들은 "지체 높으신 왕께서 누추한 곳에서 묵으실 수는 없다"라며 늦더라도 궁궐로 돌아가야 한다고 주장했다. 왕이 다음과 같이 말했다. "저 집에 들어가면 내가 백성이 되겠느냐, 아니면 저 집이 궁궐이 되겠느냐?"[13]

13 네이버 블로그(http://blog.naver.com/fpwy7540/220381706741)

재료가 들어가면 읽을거리가 풍부해지는 것은 물론, 논증도 강화됩니다. 글쟁이의 급수는 글을 빛낼 수 있는 재료를 얼마나 보유하고 있느냐에 따라 정해집니다. 글쓰기는 재료 싸움의 측면이 크다는 겁니다. 어떤 재료를 어떻게 내 글과 버무리느냐가 관건입니다.

따지고 보면 사실 '내 생각' 자체가 오래된 편집입니다. '내 생각'은 원래의 생각과 타인의 생각이 끊임없이 섞인 결과물입니다. 때론 무작정 받아들이며, 때론 부딪히면서 '내 생각'이 만들어집니다. 창의성은 또 어떤가요. 창의적인 생각은 외부 자극이 내 안의 무언가와 결합되어서 생긴 결과물입니다.

마지막으로 글은 단락의 편집입니다. 글을 쓴 후에는 글의 흐름이 물 흐르듯 매끄러워지도록 단락을 움직여야 합니다. 이와 관련해 독일 철학자 발터 벤야민(1892~1940)은 다음과 같이 말한 바 있습니다. 국내 작가의 책에 인용된 대목을 옮깁니다.

> "좋은 산문을 쓰는 작업에는 세 단계가 있다. 구성을 생각하는 음악적 단계, 조립하는 건축적 단계, 그리고 마지막으로 짜 맞추는 직물적 단계다."
>
> — 장석주, 『불면의 등불이 너를 인도한다』

여기서 '짜 맞춘다'는 말은 곧 생각이 구현된 단락을 편집하는 행위로 해석해도 무방합니다.

글쓰기를 설명하면서 생소한 영어 단어를 소개했지요. Object(대상), Information(정보), News(재료), Thought(생각) 따위입니다. 이는 제가 만든 **POINT Writing** 이론의 기본 얼개입니다. Point(포인트)는 앞에서 설명했습니다. 자세한 내용은 전작 『심플』을 참고하시기 바랍니다.

일곱. 냉정히 퇴고하기

글은 초고를 쓴 후 손질해 가는 과정에서 완성도가 높아집니다. 글쟁이는 초고를 작성할 때와 거의 같은 분량의 시간을 퇴고에 쏟습니다. 어법에 안 맞는 글은 없는지, 오류로 보이는 대목은 없는지 살펴보는 것이지요. 문장을 좀 더 매끄럽게 다듬거나, 세련된 형태로 바꾸는 일도 그에 속합니다. 특히 서두와 결말 손질을 잊지 말아야 합니다.

요즘 페이스북으로 대표되는 SNS를 이용하는 사람이 많습니다. 회사 홍보를 위해 글을 써야 하는 경우도 있습니다. 대개 원고지 한두 장 분량의 글입니다. 이런 글에서 가장 중요한 포인트는 서두와 결말입니다. 서두는 첫 문장을 포함한 앞부분, 결말은 끝 문장을 포함한 뒷부분의 한 단락 정도를 말합니다. 첫 문장은 첫 인상과 같아서, 글에 대한 느낌을 결정합니다. 인상적인 첫 문장을 쓰면 그렇지 않은 글보다 호감을 더 불러일으킵니다. 어른이라면 다양한 서두를 구사할 수 있어야 합니다. 그 중 기본 원칙은 간결한 서두입니다. 아래 예문을 보면 1번보다는 2번이 훨씬 좋지요.

1. 홍세화 선생은 "사람은 생각하는 동물이지만 생각을 갖고 태어나지 않는다"며 내 생각이 어디에서 온 것인지에 대한 이야기를 이었다.
2. "사람은 생각하는 동물이지만 생각을 갖고 태어나지 않는다." 홍세화 선생은 이 말을 꺼내며 내 생각이 어디에서 온 것인지에 대한 이야기를 이었다.[14]

간결하게 써야 임팩트가 있습니다. 문장이 길고 복잡하거나 어려운 용어 혹은 어려운 숫자가 나오는 글은 나무와 풀이 우거진 정글과 같습니다. 독자를 글이라는 숲으로 인도하면서 입구를 다듬지 않는다면 예의가 아니겠지요. 어떤 경제 칼럼의 첫 문장입니다.

"수염을 자릅시다."
17세기 러시아 황제 표트르 1세 때 이야기다. 표트르 대제는 유럽에 비해 경제적으로 뒤떨어진 러시아를 발전시키려면 유럽 문물을 적극적으로 받아들여야 한다고 판단했다. 유럽화 정책의 첫 걸음은 후진성

14 김이준수, 「독서와 글쓰기, 생각하는 존재로 살기 위해 필요한 것」, 《채널예스》

의 상징인 긴 수염을 자르는 것이었다.[15]

로마 시대 정치가 카이사르(B.C.100~B.C.44)는 전쟁 보고서를 다음과 같은 단순명쾌한 문장으로 정리했습니다.

"왔노라, 보았노라, 이겼노라."

이 말이 유명한 이유는 **핵심을 간결하게 표현한 문장**이기 때문입니다. 요즘처럼 바쁜 시대에는 글의 내용을 미리 알 수 있도록 첫 문장을 작성하는 방법도 좋습니다. 새 정부에서 '흙수저' 장관이 탄생했습니다. 김동연 아주대 총장이 초대 경제부총리 겸 기획재정부 장관에 오른 것입니다. 김 장관은 11살 때 아버지를 여읜 뒤 청계천 무허가 판잣집에서 할머니와 어머니, 세 동생을 부양해야 했습니다. 김동연 장관의 이야기를 글로 쓴다면 다음처럼 재치 있는 서두를 쓸 수 있습니다.

초등학교 때 판자촌에서 나무 등짐을 지었던 아이가 대한민국 경제를 짊어지고 있다.

프랑스 철학자 장 폴 사르트르(1905~1980)에 대해 글을 쓴다면 다

15 이동근, 「표트르 대제의 수염세」, 《한국경제신문》, 2010년 11월 30일자

음과 같은 첫 문장은 어떨까요.

> "나는 스탕달과 동시에 스피노자가 되고 싶다!" 사르트르의 평생의 지적 기획은 이 한 문장에 담겨 있다.[16]

SNS에 올리는 원고지 한두 장짜리 글에서는 특히 첫 문장에 신경 써야 합니다. 예전에 동유럽을 여행하면서 쓴 글 한 편의 서두는 다음과 같았습니다.

> 왠지 빈은 시의 제목일 것 같고, 프라하는 소설, 부다페스트는 산문 제목일 것 같다.

초고를 완성한 뒤 손질하는 과정에서 글의 최종적인 수준이 결판납니다. 일단 초고는 자연스럽게, 손이 가는 대로 쓰십시오. 완성한 다음 퇴고 과정에서 서두와 결말을 고민하는 쪽이 좋습니다.

16 변광배, 「'인간 이해'에 집중한 마지막 철학자」, 《경향신문》, 2012년 3월 16일자

여덟. 결말에 힘 싣기

서두와 결말 중 어느 쪽이 더 중요할까요? 결말입니다. 건축에서 마감, 장식이 건물의 아름다움을 좌우하는 것과 같습니다. 선물할 때도 포장이 중요하지요. **'결말은 그냥 두지 않는다.'** 저의 첨삭 기본 원칙입니다. 밋밋하거나 싱겁게, 단조롭게 끝내지 않습니다. 인상 깊거나 센스 있게, 여운이 남게 만듭니다.

먼저 여운입니다. 예를 들어 보겠습니다. 소설가 복거일이 쓴 『비명을 찾아서』란 소설에 시 한 편이 나옵니다. 남자 주인공은 한 여성을 사랑하지만 고백을 하지 못합니다. 그러다 결국 여자를 떠나 보냅니다. 그 마음을 다음과 같은 시로 표현했습니다. 제가 오랫동안 간직한 시입니다.

다음 세상에서 / 우리가 다시 만나면 / 여기서 끊어지는 / 인연의 실을 찾아 / 저승의 어느 호젓한 길목에서 / 문득 마주 서면 / 내 어리석음이 그 때는 / 조금은 씻기어 그 때는 / 이렇게 헤어지지 않으리라

이 시의 압권은 결말입니다. 오래도록 기억나는 가슴 아픈 끝 문장입니다.

나는 아느니 / 아득한 내 가슴은 / 아느니 / 어디에고 / 다음 세상이 없다는 것을.

— 복거일, 「유별2」

결말 짓기의 여러 방법은 제 전작 『심플』에 나옵니다. 하나만 소개하자면 **'키워드 방식'**이라는 게 있습니다. 글에 등장하는 주요 단어를 가지고 결말을 짓는 방법입니다. 지금은 종영한 미국 CBS 방송국의 인기 토크쇼 「오프라 윈프리 쇼」에서 재미있는 실험을 한 적이 있습니다. 제작진이 방청객들을 한쪽(왼쪽) 신발들만 가득한 방으로 보냅니다. 제작진은 방청객들에게 "모두 공짜"라고 말합니다. 방청객들은 신발을 챙기느라 서로 밀쳐대며 몸싸움을 벌입니다. 한쪽만 있는 신발. 사실 쓸모가 없지만 그들은 아랑곳하지 않았습니다. 공짜에 대한 사람들의 반응을 살펴보는 게 실험의 목적이었습니다. 방청객들이 왼쪽 신발을 손에 든 채 행복한 얼굴로 다시 방청석에 돌아오자, 오프라 윈프리가 묻

습니다. "그렇게 간절하게 한쪽 신발을 원한 이유가 뭐죠? 혹시 다리가 하나 밖에 없는 가족이 있기라도 한 건가요?" 방청객들은 이렇게 대답합니다. "그냥, 거기에 있어서 가져온 거예요." 이 실험을 두고 결말을 쓴다면 어떻게 해야 할까요. 키워드는 신발입니다. 소유욕을 연결하면 다음과 같이 쓸 수 있습니다.

> 공짜는 양잿물도 마신다는 말이 있다. 소유의 끝단을 보는 듯하다. 우리는 오른쪽이 없어도 왼쪽 신발을 갖고 싶어 한다. 쓸모없어도 갖고 싶어 하는 욕구. 바로 소유욕이다. 그러나 가끔은 마음속에 들어 있는 소유욕이라는 신발을 벗어던져야 한다.

점묘법의 대가인 19세기 프랑스 화가 조르주 쇠라(1859~1891)는 붓끝으로 다양한 색의 작은 점을 찍어 화면을 채웠습니다. 우리에게 친숙한 「그랑드 자트 섬의 일요일 오후」를 비롯한 그의 그림을 보면 그 공력功力에 감탄이 절로 납니다. 쇠라에 대한 글 한 토막입니다.

> 색칠 대신 점찍기를 한 탓에 작품 한 점을 완성하는 데 2년이 넘게 걸리기도 했다. 그 탓인지 쇠라는 평생 몇 작품을 남기지 못한 채 32세에 요절했다.
>
> — 이은화, 『자연미술관을 걷다 : 예술과 자연, 건축이 하나된 라인강 미술관 12곳』

이 글의 결말은 어떻게 쓰면 좋을까요? 중요한 키워드가 점묘법이란

점에 착안하면 다음처럼 쓸 수 있습니다.

> 쇠라를 유명하게 만든 바로 그 점묘법이 한 젊은 화가를 죽음으로 내몰았다. 그가 찍은 것은 점이 아니라 살점이었던 걸까. 마치 영혼을 조각내어 화면을 채운 듯하다.

키워드에 수미상관 방식을 도입하면 더 '센스 있는' 글이 됩니다. 아래는 제가 여름께 페이스북에 올린 글입니다.

> 돌다리를 두드려 보지 않고 건너다 물속에 빠진 남자가 있었다. 사람들은 그를 두고 바보라고 조롱한다. 그런데 나는 그 조롱하는 사람이

> 더 큰 바보일 수 있다고 본다. 머리 굴려 인생의 돌다리를 매번 두드리는 사람 말이다. 그는 결코 사고칠 일이 없고 낙오의 경험도, 조롱당할 일도 없다. 그러나 그로 인해, 오로지 경험이 주는 지혜를 알지 못한다. 사고를 치지 않은, 무사고의 수많은 경험이 더 큰 바보로 조롱받을 더 큰 사고 아닌가? 돌다리는 두드릴 대상이 아니고 밟아야 할 인생이다.

글쓰기는 패션과 같습니다. 지나치게 화려하거나 치장을 많이 한다고 좋은 옷차림이 아닙니다. 글 전체를 화려하게 꾸미지 않아도, 중요한 '어딘가'에 포인트를 두면 빛이 납니다. 포인트의 위치로는 아무래도 결말이 좋습니다.

III

글쓰기 훈련 3단계 :

실전처럼 연습하자

짧은 단어를 쓸 수 있을 때는 절대 긴 단어를 쓰지 않는다.
빼도 지장이 없는 단어가 있을 경우에는 반드시 뺀다.
능동태를 쓸 수 있는데도 수동태를 쓰는 경우는 절대 없도록 한다.

— 조지 오웰(영국의 저널리스트이자 소설가)

4장

구성 연습 :
8걸음에 끝낸다

잘 쓴 글은 사람의 마음을 움직인다.
짜임새 있는 구성 방법을 익히면
글에 힘이 실린다.

하나. 개요 – 고정관념을 버려라

"보고서 제출합니다." 만약 어떤 직장인이 A4 용지 10장 정도의 두툼한 보고서를 들고 와 상사에게 내민다고 하지요. 제가 책임자라면 그 보고서를 읽지 않습니다. 대신 A4 용지 3장으로 줄여 오라고 합니다. 그렇게 해 오면 또 다시 1장으로 줄여 오라고 시킵니다. 완성된 보고서를 들고 오면 다음과 같이 말할 것입니다. "그 내용을 설명해 보세요." 아마 시간은 1분 안팎이 될 겁니다. 만약 당사자가 내용을 일목요연하게 말한다면 보고서를 볼 필요가 없습니다. 이는 커뮤니케이션 교육 차원에서 하는 행위입니다(물론 거의 모든 리더는 읽을 시간도 부족합니다). 이 과정에서 다음 능력을 봅니다.

Point **보고서 평가의 핵심 기준**

핵심 메시지가 명료한가?
내용에 조리가 있는가?

만약 보고서 내용을 들었을 때 귀가 솔깃하지 않는다면 둘 중 어느 하나, 혹은 둘 다 잘못돼 있다고 판단합니다. 즉 알맹이가 없든지, 내용을 잘 간추리지 못했든지 둘 중 하나인 것이지요. 상사 앞에서 보고서를 요약해 보고하는 일은 곧 개요를 읽는 행위입니다. 그 내용은 보고서에 **개요**로 표시됩니다.

보고서에는 반드시 개요가 들어가야 합니다. 개요를 잘못 알고 있는 직장인이 많습니다. 이 부분에 대해서는 보충 설명이 필요합니다. 그동안 많은 공문서의 개요를 봤습니다. 그런데 개요를 추진 배경(혹은 목적)과 혼동하는 경우가 많았습니다. 예컨대 이렇습니다. 모 공공기관에서 진행한 교육 중 '고령화 시대, 질병 없는 행복한 노후 설계 방안'에 대한 문제 해결 보고서를 과제로 제시했습니다. 한 참석자는 다음처럼 개요 부분을 썼습니다.

- 의료기술 발달로 기대수명이 크게 늘고 있으나 경제 활동 기간은 매우 줄고 있는 현실에서 안정된 노후 생활을 영위하기 위한 방안을 모색하고자 함.

이는 보고서 작성 목적과 배경입니다. 보고서의 핵심 내용인 '방안'이 누락되어 있습니다. 개요는 전체 내용을 한눈에 알 수 있도록 하는 메뉴입니다. 즉, 개요만 읽어도 보고서가 무슨 말을 담았는지 알 수 있어야 합니다. 목적과 배경 외에 핵심 내용을 포함해야 합니다. 그밖에 사업의 경과나 추이에 대해서도 간략하게 기술하면 이해에 도움이 되겠지요.

Point **개요의 구성 요소**

1. 보고서에서 다룬 이슈의 배경 설명
2. 보고서를 쓰게 된 동기나 목적
3. 그간의 경과(선택 사항)
4. 보고서를 어떻게 전개했는가에 대한 이론이나 방법(선택 사항)
5. 핵심 내용
6. 추진 방법(선택 사항)
7. 기대 효과(선택 사항)

앞의 고령화시대 노후 대비책에 대한 개요를 보충하면 다음과 같습니다.

···› [개요]

최근 우리 사회는 고령화가 급속하게 진행되고 있다. 의료기술 발달로 기대수명이 크게 늘고 있으나 경제 활동 기간은 매우 줄고 있는 게 현실이다. 특히 나이 들수록 질병에 걸릴 확률이 높으나 진료비 부담은 계속 늘고 있는 추세다. 안정된 노후 생활을 하기 위한 방법으로 수당 형태의 긴급 의료비 지원과 노인 일자리 확충, 독거노인 도우미 양성 등의 근로 및 복지 방안을 제시한다.

직장인이 쓰는 보고서에는 반드시 배경이나 목적이 있습니다. 보고서를 쓰게 만든 '이슈'가 있다는 것입니다. 그것이 배경입니다. 목적은 그 이슈를 토대로 쓰게 된 동기를 말합니다. 2015년 11월 프랑스 파리 시내에서 테러와 인질극이 발생했습니다. 서울에서도 비슷한 사건이 일어날 수 있다는 우려가 생겼습니다. 이와 관련한 대응 보고서를 준비해야 한다는 요구가 나왔습니다. 국방부 담당자는 개요를 어떻게 작성할까요? 다음은 실제 국방연구원이 작성한 보고서 가운데 개요 부분입니다. 보고서 작성 배경, 목적, 핵심 내용이 모두 들어가 있습니다.

[개요]
최근 파리 폭탄 테러가 발생해 국민들의 경각심이 높아지고 있다. 특히 IS(이슬람 수니파 무장단체)가 한국을 테러 대상국으로 지목했다는 소식이 전해져 불안감이 커지고 있다(배경). 우리나라에서도 유사한 사건이 발생할 우려가 큼에 따라 안전 태세 점검과 발 빠른 대응이 현안이 되었다(목적). 이 보고서는 한국에서 일어날 수 있는 테러 유형과 시나리오를 분석하여 대비책을 제시하였다. 그 결과 북한에 의한 국가 중요시설에 대한 공격이나 요인 암살이 가장 가능성이 높았다. 따라서 주요 거점을 중심으로 한 긴급출동 테러대응반을 편성해야 한다. 동시

에 테러의 근본 원인인 경색된 남북관계를 해소할 협상이 시급하다(핵심 내용).

— 부형욱 외, 「테러 포함 복합위기 시나리오 개발 및 대비 방향 연구」,
《한국 국방연구원 연구보고서 초록집》

둘. 과제 분석 – 쪼개고 또 쪼개라

어떤 과학자가 들판에 나갔다가 희한하게 생긴 운석을 하나 주웠습니다. 그는 연구실에 돌아와 돌의 정체를 알아내기 위해 사진을 찍거나 모양을 스케치하고, 성분을 분석해 연대를 측정할 것입니다. 가상의 보고서를 쓴다면 다음처럼 되겠지요.

> 이 운석은 태양계의 어떤 별에서 떨어진 돌이다. 약 10센티미터의 크기에 무게는 500그램 정도다. 모양은 길고 둥글며 표면은 거칠다. 성분은 탄소와 무기질로 되어 있으며 연대는 대략 1만 년으로 추정된다.

과학자들은 보통 사람과는 조금 다르게 사고합니다. 사물을 분석하고 자연과 세상의 이치를 탐구하며 특정 주제를 깊이 연구하는 특별한 습관이 몸에 배어 있습니다. 바로 자연과학적 분석 방법론이지요. 이를 글쓰기에도 적용할 수 있습니다. 지구라는 단어를 예로 들어볼까요?

> 지구는 지와 구, 자음과 모음이 합해진 것이다. 지는 땅 지地, 구는 원형 구球다. 지구는 둥글다. 지구는 대기권, 하늘, 지표, 땅, 화산, 암석, 마그마 따위로 구성된다. 지구의 나이는 40억 년이다.

이번엔 거울이란 단어를 가지고 생각해 봅시다.

> 거울은 사람을 비추는 사물이다. 유리로 만들어져 있고 뒷면은 반투명 재질로 되어 있다. 모양은 직사각형으로 크기는 30센티미터다.

이것이 분석적 사고입니다. 모든 사물이나 관념이 여러 요소로 쪼개질 수 있다고 보는 것이지요. 한 명의 사람, 하나의 사물은 오랜 시간과 비용이 투입돼 만들어진 결과물입니다. 따라서 그 안에는 셀 수 없는 가치들이 가득 차 있습니다. 정현종 시인의 시는 이를 적확히 표현합니다.

> 사람이 온다는 건 실은 어마어마한 일이다. 한 사람의 일생이 오기 때문이다.
>
> — 정현종, 「방문객」

현재는 과거가 만듭니다. 한 사람의 현재는 셀 수 없는 과거의 시간이 합해진 결과입니다. 바로 일생입니다. 그것은 듣고 보고 읽고 느끼고 겪은 경험과 지식, 사유로 이뤄집니다. 따라서 누군가를 만나는 일은 그 결과물과 마주치는 일이니 어마어마한 사건이 아닐 수 없습니다. 그러고 보면 종이 한 장, 연필 한 자루도 허투루 볼 일이 아닙니다.

하나의 사물이나 현상, 또는 관념 내부에는 수많은 사실과 의미가 중첩돼 있습니다. 따라서 우리가 글을 쓸 때에는 사물이나 현상, 관념이 지닌 다양한 속성을 쪼갤 수 있어야 합니다. '나'라는 글자를 보지요. 나는 셀 수 없는 '나'로 구성되어 있습니다. 나는 한 가정의 가장이며, 아이의 아빠이고, 한 여자의 남편입니다. 또한 민주공화국의 시민이며 〈글쓰기 훈련소〉라는 회사의 대표입니다. 또한 지금 쓰고 있는 이 책의 저자이며 인생이라는 무대의 주인공입니다.

우리가 일상적으로 쓰는 말 중에 다음과 같은 문장이 있지요. '첫 단추를 잘못 꿰었다.' 이 문장을 분석해 봅시다. '첫 단추'가 무엇인지부터 생각해야 합니다. 단추는 다른 단추나 구멍이 있어야 기능합니다. 따라서 이 말에는 꿰어져야 할 옷의 구멍이 이미 존재하며, 그 구멍은 하나 이상이라는 점이 전제돼 있습니다. 복수의 단추를 꿰는 데는 순서가 있으며, 처음에 잘 시작해야 한다는 추론이 가능합니다. 잘못 꿰면 나쁜 결과가 나온다는 점이 암시됩니다. 따라서 '첫 단추를 잘못 꿰었다'는 말이 나오면 하나의 옷과 거기에 붙은 단추가 먼저 떠오르고, 단추를 잘못 꿴 상태와 잘 꿴 모습을 함께 상상해야 합니다. 이것이 분석적인 사고입니다. 당연한 말이지만, 분석적인 사고를 할 줄 알아야 과제도 분석할 수 있습니다.

직장에서 과제를 부여받았다면 해결책을 찾기 전에 분석부터 해야 합니다. 직장인에게 늘 붙어 다니는 '보고'란 단어를 보지요. 이 말 역시 딱 두 글자이지만 매우 복잡한 요소들로 쪼개집니다. 누군가 '직장인 보고서 잘 쓰는 법'에 관한 보고서를 작성한다고 가정해 봅시다. 보고는 무언가(내용)를 상대(대상)에게 구두로 전하는 것입니다. 보고(브리핑 혹은 리포트)를 활자로 하는 것이 보고서입니다. 보고서의 기본 정의는 다음 문장입니다. '무언가를 상대에게 글로 잘 전한다.' 이 문장을 쪼개 분석하면 답을 찾을 수 있습니다.

'**무언가**를 상대에게 글로 잘 전한다.' 답을 알기 위해서는 문제를 파악해야 합니다. 보고서는 이 한 문장을 따져보는 일로부터 시작합니다. 여기에서 '무언가'는 대상입니다. 이는 특정 사실이 될 수도 있고, 자료나 상황이 될 수도 있습니다.

'무언가를 **상대**에게 글로 잘 전한다.' 여기에서 '상대'는 보고를 받을 사람입니다. 보고받는 사람의 업무 스타일이나 커뮤니케이션 성향 파악이 필수적이겠지요.

'무언가를 상대에게 **글로** 잘 전한다.' 말할 때보다 글을 쓸 때 더욱 상대를 배려해야 합니다. 상대의 얼굴을 보지 못하기 때문에 비언어적 요소, 즉 몸짓이나 얼굴 표정, 말의 뉘앙스 같은 요소가 배제됩니다. 오로지 활자로 승부해야 합니다. 따라서 말보다 훨씬 섬세한 문서 작성

법이 필요합니다.

'무언가를 상대에게 글로 **잘** 전한다.' 보고를 하려면 우리는 용건을 송신해야 합니다. 그런데 그냥 보내는 것이 아니라 '잘' 보내야 합니다. '잘' 보내기 위해서는 용건의 핵심을 파악해야 합니다. 또한 '잘'은 효율적으로, 설득력 있게 메시지를 전해야 한다는 뜻입니다. 이를 위해 보고의 배경, 목적(취지, 의도)까지 첨부할 필요가 생깁니다. 한편으로는 전하려는 의도를 상대가 단박에 이해할 수 있게 하는 방법도 필요합니다. 왜곡 없이 메시지를 전달하기 위해서 때론 의견을 넣기도 하지요. '이 메시지에 대한 내 생각은 이렇습니다'는 코멘트를 달아 이해를 돕는 겁니다. 마치 마트에서 신선 식품에 '이 물건은 쉬 상하니 집에 도착한 후 곧바로 냉장고에 보관하시오'라는 당부를 붙이는 것처럼 말입니다.

'무언가를 상대에게 글로 잘 **전한다**.' 달걀은 깨지지 않도록 조심스럽게 꾸러미에 넣어야 하고, 현금은 강도에게 털리지 않도록 안전하게 수송해야 합니다. 무언가를 '전하는' 방식은 다양합니다. 메시지 역시 마찬가지입니다. 때로는 퀵서비스처럼 빨리 전달해야 할 때도 있고, 남몰래 비밀스레 전해야 할 때도 있습니다. 두괄식도 있고 미괄식도 있습니다. 이야기 형식일 수도 있고 매뉴얼 형식일 수도 있습니다. 이처럼 분석적 사고를 해야 보고라는 단어가 함축하고 있는 의미를 매우 다층적으로 파악할 수 있습니다. 글을 쓰기 전에 주어진 대상을 자세히 분석할 필요가 있는 것입니다.

셋. 문제 파악 – 정의부터 내려라

우리는 언제 어른이 되었다고 실감할까요? 어릴 때 다닌 학교를 방문할 때가 한 예일 겁니다. 높아 보이던 학교가 얼마나 작은지요. 왜소하게 낡은 모습을 보며 아련한 향수에 젖습니다. 어른이 되면 어릴 때 보지 못한 면을 보고, 알지 못한 사실을 깨닫습니다. 어떤 이는 겉모습을 뛰어넘어 사물의 본질을 꿰뚫고, 미래를 통찰합니다. 그 정도는 아니더라도 나이를 먹으며 지식과 경험이 쌓여 어려운 문제를 곧잘 해결합니다. 어릴 때 높아서 넘지 못한 담장은 더 이상 넘지 못할 벽이 아닌 것입니다. 잘 알려진 '고양이 목에 방울 달기' 문제가 그렇습니다.

'한 마을에서 쥐들이 고양이 때문에 고민한다. 동료들이 자꾸만 잡아

먹히자 방법을 찾는 것이다. 모두 모여 회의를 한 끝에 고양이 목에 방울을 달자는 아이디어가 나왔다. 방울을 달면 고양이가 오는 것을 알 수 있지 않느냐는 것이다. 모두 그 방법에 찬성했다. 이제 고양이로부터 위협은 사라지겠다는 생각을 하며 기뻐했다. 그러나 문제가 생겼다. 누가 고양이 목에 방울을 달 것인가?'

멀리 내다보지 못하는 어리석은 사고방식을 풍자하는 우화입니다. 좋은 아이디어지만 실천하기 어렵다는 의미를 담았습니다. 그런데 지금 와서 보면 이 이야기는 매우 '웃기는' 이야기입니다. 왜냐하면 고양이를 물리치는 방법은 매우 많기 때문입니다. 생각해 보십시오. 조금만 머리를 굴려도 여러 방법이 있습니다. 고양이가 쥐를 잡아먹는 것은 일단 배가 고프기 때문이니 배를 불리면 됩니다. 고양이가 쥐를 싫어하게 하는 것도 하나의 방법이 됩니다. 쥐들이 자신들의 몸에 고추냉이 같은 혐오 식품을 발라 도저히 먹을 음식이 아니라는 인상을 심어주면 됩니다. 막다른 골목에서 고양이와 집단으로 맞서 싸우는 전략도 답이 될 수 있습니다.

사실 고양이 목에 방울을 다는 문제도 어렵지 않습니다. 쥐가 직접 가서 잠자는 고양이 목에 방울을 단다는 건 단편적 사고입니다. 다른 방법이 얼마든지 있습니다. 올가미나 덫을 설치할 수도 있습니다. 고양이가 고개를 내밀면 자동적으로 달 수 있게끔 말입니다. 또한 고양이를 마취한 후 '방울 시술'을 할 수도 있습니다. 누군가가 방울이 되는 방법, 즉 보초를 서는 방법도 있겠습니다. 물론 이는 쥐가 매우 똑똑하다는 전제가 있어야 하긴 합니다. 우리가 쥐라면 방법이 많다는 말입니다.

어떤 문제를 어릴 때보다 지금 더 잘 풀 수 있다면, 현재의 난제 역시 좀 더 나이가 들면 쉽게 해결할 수 있을 겁니다. 그렇다면 왜 어른은 문제를 좀 더 쉽게 해결할까요? 먼저, 문제 인식 수준의 차이 때문입니다. 문제를 해결하려면 문제를 잘 읽어야 합니다. 토끼와 거북이의 경주를 예로 들겠습니다. 거북이는 지금 다음 문제를 고민하고 있습니다.

'토끼와 경주를 앞두고 있다. 어떻게 하면 내가 이길 수 있을까?'

거북이는 느리고, 토끼는 빠릅니다. 따라서 상식적으로 거북이는 토끼를 이길 수 없습니다. 그러나 실은 그렇지 않습니다. 방법은 매우 많습니다. 경주의 뜻은 '일정한 거리를 달려서 빠르기를 겨루는 경기'입니다. 만약 경주를 물에서 하는 달리기로 정의하면 거북이가 이길 수 있습니다. 혹은 경주를 마라톤으로 정의할 수도 있습니다. 일정한 거리를 달리는 경주에는 100미터 육상뿐 아니라 마라톤도 포함됩니다. 토끼와 거북이가 마라톤을 한다면 거북이가 이길 확률이 오히려 큽니다. 문제 하나 냅니다.

여기 병이 하나 있다. 입구는 좁지만 안으로 들어갈수록 넓어진다. 그

병에 조그만 새 한 마리를 넣고 길렀다. 어느 날, 새끼가 부쩍 커서 그만 가두기로 했다. 그러나 새는 그동안 커 버린 몸집 때문에 나올 수가 없었다. 주인은 병을 깨트리지 않고 꺼낼 재간이 없음을 알았다. 어떻게 하면 좋을까? 단, 병을 깨서는 안 되고 새를 다치게 해서도 안 된다.

이 문제를 해결하기 위해서도 우선 '잘 인식'해야 합니다. 문제는 병을 '깨트리지 않고' 새를 꺼내는 일입니다. 그렇다면 깨트리지 않고 병을 '해체'하는 방법은 모두 답이 됩니다. '깨다'는 단어의 뜻은 '단단한 물체를 쳐서 조각이 나게 하다'이므로 그 밖의 방법은 모두 답일 수 있습니다. 병을 불로 달구어서 입구를 크게 한 다음 새를 꺼내고, 그 뒤에 다시 입구를 좁혀 놓는 방법이 가능합니다. 보다 더 중요한 것은 '병'입니다. 우리는 병 하면 소주나 맥주병을 떠올립니다. 그런데 병의 사전적 의미는 '무언가를 담는 그릇'입니다. 따라서 글 속 병의 재료가 유리일 거라는 생각은 고정관념입니다. 실제로 과거의 병은 조롱박으로 만든 호리병이나, 흙으로 만든 청자나 백자였습니다. 특수 재질로 만들어 깨지지 않는 병을 얼마든지 상상할 수 있습니다.

좀 더 현실적인 상황을 예로 들어 보지요. 한 대학 도서관 직원에게 과제가 주어졌습니다. 학생들이 책을 더 많이 읽게 하라는 지시였습니다. 말하자면 '독서진흥에 관한 답 찾기'가 문제입니다. 이에 대해 보고서를 써야 한다면 어떻게 할까요. 책 자체에 대한 인식부터 잘 시작해야 합니다. 먼저 '책'이 무엇인지부터 따져야 합니다.

책은 종이책을 뜻하는가. 전자책은 책 아닌가. 세상은 한 권의 책이라는 사람도 있다. 사람 책은 어떤가.

책에 대한 인식은 중장년층과 청년층에서 판이하게 다르게 나타납니다. 중장년층은 보통 책을 지식의 보고, 영혼의 양식, 상상의 날개, 인생의 안내서라는 식으로 생각합니다. 반면 지식을 접할 통로가 다양해진 요사이의 청년층은 책을 구시대의 유물이라거나 읽으면 졸리는 대상, 어렵고 딱딱한 활자의 집, 갖고 다니기 거추장스러운 짐으로 여길 가능성이 높습니다. 책이 무엇인지를 알아야 책읽기의 답을 찾을 수 있습니다. 젊은이들이 독서를 하지 않는 이유가 책을 '읽으면 졸리는 대상'으로 인식해서라면, 재미있는 책을 개발하고 홍보하는 일이 급선무입니다. 들고 다니기 무거운 물건으로 인식한다면 가벼운 문고판이나 전자책을 만들어야겠지요.

넷. 문제 분석 – 문제점을 소거하면 답이다

불편을 개선하려는 시도에서 창의성이 길러질 수 있습니다. 일상의 불편 사항을 개선하려는 시도는 발명의 원리 중 하나입니다. 사실 우리는 모두 발명가가 될 수 있습니다. 가능성은 누구에게나 열려 있습니다. 다만 불편을 눈여겨보고, 해결하려는 고민이 적기 때문에 보통 사람으로 살아가는 겁니다. 지금부터라도 일상에서 불편했던 점을 기록하고, 그 답을 모색해 보세요. 처음에는 어렵지만 하다보면 아이디어가 생깁니다. 글에서도 마찬가지지요. 창의적인 안案을 내기 위해서는 문제점을 알아야 합니다. 물론 아이디어는 두 가지 경로를 통해 나타납니다. 갑자기 섬광처럼 아이디어가 머릿속에서 튀쳐나오는 경우가 하나입니다. 이는 창의적인 두뇌를 가지고 있어야 가능합니다. 다른 하나는 바로 **문제점 소거**입니다.

생필품 중에서는 기존의 문제점을 개선하면서 새로운 제품이 등장한 사례가 많습니다. 라면이 대표적인 예입니다. 기존 제품의 맛이 밋밋하다고 지적되자 매운 라면이 등장했습니다. 김치의 부재를 해결하기 위해 김치라면이 생겼습니다. 이동할 때 먹기 쉽게 컵라면이 개발됐고, 작은 컵라면 하나로는 부족한 사람을 위해 대용량 컵라면이 탄생했습니다. 이처럼 문제점을 열거한 뒤 소거시키면 아이디어가 탄생합니다. 손님이 없어 문을 닫아야 할 위기에 놓인 음식점을 가정해보지요. 위기를 타개하기 위해서는 문제점을 파악해야 합니다. 음식 맛이 별론지, 종업원이 불친절한지, 가격이 비싼지 등의 문제 말입니다. 그런 다음 이를 소거하면 개선안이 됩니다.

- 음식 맛이 좋지 않기 때문이다 → 주방장을 바꾼다.
- 종업원이 불친절해서다 → 서비스 교육을 한다.
- 가격이 비싸기 때문이다 → 가격을 낮춘다.

그런데 단편적인 분석을 넘어 근본 원인을 알아야 문제를 해결할 수 있는 경우도 있습니다. 고객이 적은 이유가 다른 데 있을 수 있는 겁니다. 주변의 유동인구가 적은 게 이유라면, 유동인구를 늘릴 방안을 찾아야 합니다. 뾰족한 방안이 없다면, 유동인구가 많은 곳으로 이사를 가는 수밖에 없습니다. 어떤 현상의 이면에는 반드시 본질적인 요인이 있습니다. 그것을 찾아야 근본적인 해결책이 나옵니다. 다른 원인이 있는지, 다각도로 깊이 파고들어야 합니다. 문제의 본질이 겉으로 드러난 '일각'이 아니라 그 아래 거대한 '빙산'인 경우도 있습니다.

예컨대 어떤 온라인 쇼핑몰의 매출이 줄었다고 칩시다. 제대로 된 해결책을 찾으려면 이유를 분석해야 합니다. 마케팅의 문제인지, 제품의 문제인지, 사이트 구성의 문제인지, 가격의 문제인지 따위입니다. 문제점을 제대로 인식하기 위한 방법 중 널리 알려진 방법으로 5why가 사용되는 이유도 이런 맥락입니다. 5why는 표면에서 드러난 문제에 대해 **'왜'라는 질문을 다섯 번 하면서 문제의 진짜 원인을 찾는 것**입니다.

어떤 제조업 공장에서 기계가 갑자기 정지하는 사고가 일어났다고 가정합시다. 모터가 과부하돼 퓨즈가 끊긴 게 원인이라는 진단이 나왔습니다. 여기서 '왜'라는 질문을 한 번 더 던집니다. '왜 과부하가 일어났을까?' 윤활유가 부족해서라는 이유를 찾았습니다. 또다시 '왜?'라고 묻습니다. '윤활유는 왜 부족했을까?' 펌프가 낡아 윤활유를 원활하게 공급하지 못했기 때문이었습니다. 여기에서 그칠 수는 없죠. 다시 '왜'를 꺼냅니다. '왜 펌프는 예상보다 일찍 노후화됐을까?' 또 다른 원인이 등장할 겁니다. 이런 식으로 계속해서 '왜'라는 질문을 던지며 문제점의 뿌리를 찾는 방식이 바로 5why입니다.

다섯. 글 확장 – 관건은 가지치기

글을 잘 쓰는 사람과 잘 못 쓰는 사람을 구분하는 기준은 **'글 확장 능력'**입니다. 어떤 이는 한두 줄 밖에 못 쓰는데, 다른 이는 원고지 서너 장을 거뜬히 채웁니다. 두 사람의 차이는 어디에서 비롯되는 걸까요? 여러 원인이 있을 수 있지만, 가지를 뻗느냐 못 뻗느냐에서 결정적인 차이가 생길 공산이 큽니다. 나무를 떠올려 보세요. 한 줄기에서 두셋, 혹은 더 많은 가지가 뻗어 나옵니다. 생각도 마찬가지입니다. 생각의 줄기에서 가지 하나를 떠올리는 일이 매우 중요합니다. 이는 직장에서 늘 요구되는 사고 및 행동 방식과 유사합니다. 예컨대 월요일에 회사에 출근해서 업무 목록을 만든다고 하지요.

1. 주간 업무 보고하기
2. 다음 주 워크숍 준비 점검하기
3. 보고서 결재받기
4. 신입사원 입사시험 문제 출제

이런 식으로 목록을 작성하겠지요. 이는 비교적 쉽습니다. 항상 하는 일이니 필요한 사항은 웬만해서는 다 떠오를 것입니다. 하지만 그 이상으로 나아가면 쉽지 않습니다. 예를 들어 출제해야 할 입사시험 문제가 작문이라면, 그 평가 기준을 무엇으로 해야 하느냐는 문제가 생깁니다. 기준을 떠올려 열거하는 일은 생각보다 어렵습니다. 편의상 신문사 입사시험이라고 가정하지요. 무엇이 평가 기준이 될까요.

1. 논리력
2. 가독성
3. ☐

3번은 무엇일까요. '흥미성' 정도가 될 겁니다. 그 다음은? '세련미'일 수도 있겠고요. 이런 식으로 열거할 수 있어야 합니다. 간단해 보이는 업무 목록 작성이라 해도 엄연히 한 편의 글을 쓰는 겁니다. 글쓰기는 하나부터 시작해 '또 하나, 또 다른 하나, (……)'와 같이 확장하는 과정입니다. 앞의 신문사 입사시험 문제를 다시 예로 들겠습니다. 이번에는 작문 시험을 쳐야 하는 수험생의 입장에서 생각해 봅시다. 문제가 '흙수저와 금수저에 대해 논하시오'라면, 수험생은 다음과 같은 문제에 봉착할 겁니다.

'흙수저가 금수저보다 불리한 부분은 무엇일까?'

이때도 가지치기가 중요합니다. '첫째, 둘째, 셋째, (……)' 하는 식으로 가지를 늘려갈 수 있어야 합니다.

첫째, 소위 '스펙'을 쌓을 수 없어 좋은 대학에 갈 수 없다.
둘째, '가난=열등'이라는 사회적 편견에 휩싸여 생각이 위축될 수 있다.
셋째, 사회 구조적으로 가난을 벗어나기가 힘들어 살기 힘들다.

이처럼 하나를 더 생각하느냐 못하느냐에 따라 글쓰기의 성패가 좌우됩니다. 이러한 확장 능력은 '하나 뒤에 하나가 반드시 더 있다'는 믿음에서 길러집니다. 어떤 풀이든 나무든 파고 들어가면 뿌리가 숨어 있습니다. 글의 '주제'를 나무라고 한다면, 그와 관련해 나올 수 있는 숱한 '문장'이라는 뿌리가 은닉돼 있다고 확신해야 합니다.

정치평론가 유시민의 화법을 유심히 지켜보십시오. 보통 두 가지로 나눠서 사고합니다. 미리 가지를 치고 시작하는 것이지요. 유시민은 두 개로 가지를 치는 사고를 갖고 있다고 볼 수 있습니다. 2016년 12월 9일

박근혜 전 대통령 탄핵 소추안이 국회에서 가결된 날, 그가 한 방송에 나와 향후 정국을 분석한 바 있습니다. 방송에서 그는 2012년 18대 대선 당시 박대통령을 지지한 표에 대해 다음과 같이 말했습니다.

> "두 가지 측면이 있다. 하나는 박근혜 대통령이 얻었던 50퍼센트가 넘는 득표는 상당 부분이 일종의 동정표 또는 연민의 정 때문에 찍었던 표들이다. 다른 한편으로는 박근혜 대통령의 지지층 또는 박정희 대통령을 좋아하는 분들 중에는 이념적인 면에서 또는 가치관에서 국가주의적인 부국강병 또는 국가안보에 동의해서 지지하는 분들이 있다."[17]

글 확장 기술에는 **비슷한 유형 찾기**도 있습니다. 유사, 연관, 대구, 대비, 반대 따위의 유형을 들이대면서 글을 늘려 가는 방법입니다. 사랑이라는 단어를 보지요. 사랑과 대조되는 말은 미움입니다. 미움이 뭔지를 논하면 사랑에 대해 좀 더 쉽게 답을 찾을 수 있습니다. 따라서 글이 확장됩니다. 실업문제에 대해 서술하려면 고용문제를 서술하면 됩니다. 문장도 똑같습니다. '인간에게는 합리적 판단을 할 수 있는 이성이 필요하다'는 문장을 썼다면, 그에 대구해 '또한 사람은 직관적 판단을 할 수 있는 감성도 필요하다'라는 문장을 쓰면서 글을 확장해 가는 겁니다. 더 확장하기 위한 문장은 무엇이 있을까요. '본능적 판단을 할 수 있는 야성도 필요하다' 정도가 될 것입니다.

---

17 유시민, JTBC 「뉴스룸」, 2016년 12월 9일

여섯. 임팩트 – 던지고 시작하자

사람들 앞에 서서 강의를 하는 강사는 처음 말문을 열 때가 가장 고민스럽습니다. 첫 마디가 강의를 좌우하기 때문입니다. 사람들이 첫 마디를 듣고 폭소를 터뜨린다면 강의는 이미 성공한 겁니다. 트로트 가수 박현빈에게는 무대에 설 때마다 하는 '단골 멘트'가 있습니다. 그가 상대하는 관객은 대개 나이 지긋한 분들로 자신보다 훨씬 연상입니다. 그런데 그는 무대에 나오면서 다음과 같이 첫 마디를 던집니다.

"애들아, 오빠 왔다."

이 말을 들으면 관객은 말 그대로 '뒤집어'집니다. 한창 젊은 가수가 누나뻘 이상인 자신들을 농락하는 귀여운 농담에 허를 찔렸기 때문입니다. 글에 비유하자면 이는 두괄식 어법의 한 형태입니다. 두괄식 어법을 잘 활용하면 글쓰기나 스피치에서 효과적인 '임팩트'가 생깁니다. 천문학자 코페르니쿠스(1474~1543)에 대한 글을 가정해 봅시다.

◆ 폴란드의 상인의 아들로 태어난 코페르니쿠스는 빈 대학을 졸업한 후 9년 동안 이탈리아에서 유학하며 천문학을 공부하다 『천체의 회전에 관하여』라는 책을 통해 '지구가 태양을 중심으로 돌고 있다'는 혁명적인 주장을 펼쳤다.

이 글을 달리 표현할 수 있습니다. 가장 중요한 메시지를 맨 앞으로 전진 배치하는 겁니다.

…› '지구가 태양을 중심으로 돌고 있다.'
천문학자 코페르니쿠스의 혁명적인 주장이다. 그는 폴란드의 상인의 아들로 태어나 빈 대학을 졸업했다. 그 후 9년 동안 이탈리아에서 유학하며 천문학을 공부하다 『천체의 회전에 관하여』라는 책을 통해 지동설을 주장했다.

중요한 문장이나 키워드를 서두에서 던지는 기법입니다. 또 다른 예를 들어볼까요? '지중해'를 포털사이트의 백과사전에서 찾아보면 다음과 같이 설명돼 있습니다.

> 지중해는 아프리카·아시아·유럽의 3개 대륙에 둘러싸여 있다. 면적 296만 9,000km², 길이 약 4,000km, 최대너비 약 1,600km, 평균수심 1,458m, 최대수심 4,404m다. 서쪽은 지브롤터 해협으로 대서양과 통하고, 동쪽은 수에즈 운하로 홍해·인도양과 연결되며, 북쪽은 다르다넬스·보스포루스 해협으로 흑해와 이어진다.
>
> — 두산백과, 「네이버 지식백과」

그러나 당신이 지중해를 알리는 글을 쓴다면, 다음처럼 하는 쪽이 훨씬 효과적일 것입니다.

> 대륙에 갇힌 '로마의 호수' : 지중해는 아프리카와 아시아, 유럽의 3개 대륙에 둘러싸인 바다다. 태양이나 달에 의한 조석의 영향을 거의 받지 않아 매우 큰 호수로 볼 수 있다.

영국 역사가 데이비드 아불라피아는 지중해에 '액체의 대륙'이라는 별칭을 붙였습니다. 지중해는 육지에 포위된 바다이지만 달리 보면 물로 형성된 하나의 대륙일 수도 있다는 겁니다. 여러 민족과 문화, 경제를 아우르고 있는, 육지처럼 명확한 경계를 지닌 대륙이라는 게 '액체의 대륙'이란 표현의 의미입니다.

레이먼드 챈들러(1888~1959)는 1940~1950년대에 활발히 활동한 미국의 하드보일드 범죄소설가입니다. 그는 18세 연상의 여인과 결혼했는데 아내에 대한 뜨거운 사랑을 한 단어로 표현했습니다.

'그녀는 내 심장박동'

한 축구 해설가는 잉글랜드 축구선수 라이언 긱스의 은퇴소식을 숫자로 정리했습니다.

'14'
1987년 11월 29일, 긱스의 14번째 생일에 집으로 깜짝 손님이 찾아왔다. 나중에 맨유의 전설로 기억될 이 중년 남성은 팀의 스카우트 조 브라운을 대동하고 긱스의 집을 방문해 그에게 입단을 제안했다.[18]

독일 철학자 이마누엘 칸트(1724~1804)를 소개하는 프리젠테이션을 한다고 가정하지요. 다음 숫자를 던질 수 있습니다.

'150킬로미터'

칸트가 고향 쾨니히스베르크에서 150킬로미터 이상 벗어난 적이 없다는 사실에서 착안한 글입니다.

'150킬로미터'—평생 벗어난 적 없는 칸트의 생활 반경. 칸트가 어떤 사람인지 보여주는 숫자이자 칸트 철학의 비밀을 풀어줄 열쇠다.

---

18 서형욱, 「'선수 은퇴' 라이언 긱스의 찬란한 24년」, 《풋볼리스트》, 2014년 5월 20일자

말없이 사물을 두드리는 소리와 몸짓으로만 이뤄진 「난타」는 매우 성공한 공연입니다. 당신이 「난타」의 초기 제작자라 가정하고, 누군가에게 공연을 제안해 투자를 받아야 한다면 어떻게 하겠습니까? 제안서의 첫 장이 가장 중요합니다. '일상 속에 있는 아무 물건이나 악기가 될 수 있고, 누구나 연주자가 될 수 있다'는 게 「난타」의 콘셉트입니다. 칼, 도마, 냄비, 프라이팬, 접시 같은 주방도구 이미지를 맨 앞에서 보여주면 효과가 있겠지요.

일곱. 의미 부여 – 당신이 불러야 꽃이 된다

어른이 되면 말과 행동, 몸가짐이 달라집니다. 사회에서 약속된 어른스러운 말투와 행동이라는 게 있습니다. 의젓하고 품위 있는 말투처럼 글쓰기에도 어른스러운 표현이 있습니다. 어른스러운 표현을 만들기 위한 고난도의 기술이 **의미 부여**입니다. 김춘수의 유명한 시 「꽃」처럼 말입니다. 누군가가 불러줌으로써, 꽃이 됩니다.

> 내가 그의 이름을 불러 주기 전에는 그는 다만 하나의 몸짓에 지나지 않았다. 내가 그의 이름을 불러주었을 때, 그는 나에게로 와서 꽃이 되었다.
>
> — 김춘수, 「꽃」

사유에는 어떤 대상을 보고 금방 떠오르는 단상과 마음 깊은 곳에서 이는 숙고, 나아가 본질을 꿰뚫는 통찰이 있습니다. **의미 부여**는 곰곰이 따져 봐야 가능해지는, 사유의 기술입니다. 이는 두 단계로 진행됩니다. 대상이 가지고 있는 혹은 숨은 뜻을 살피는 일이 첫째요, 대상에 가치를 불어넣는 행위가 둘째입니다. 의미를 찾을 수 있어야 의미를 부여할 수 있습니다. 비타민 음료를 예로 듭시다. 콜라나 사이다 같은 탄산음료와 똑같이 음료의 일부입니다. 그런데 이 비타민 음료는 건강식품이라고도 할 수 있습니다. 비타민이 들어간 제품이니까요. 이 경우 '비타민'은 기존 음료와 차별된, 새로운 소구력을 갖습니다. 글에서는 보통 '~이런 뜻이 담겨 있다'로 활용되는 소구 지점입니다. 다음 이야기를 보지요.

> 여우가 토끼를 쫓고 있었습니다. 하지만 여우는 토끼를 잡을 수 없습니다. 여우는 한 끼 식사를 위해 뛰지만 토끼는 살기 위해 뛰는 까닭입니다.

여우는 실패해도 대안이 있습니다. 그러나 토끼는 한 번 지면 끝장입니다. 포식자와 피식자의 입장을 잘 설명했습니다. 앞의 이야기를 읽고 다음과 같은 글을 썼다고 하지요. 마지막 문장이 의미 부여 문장입니다.

공감이 간다. 뭐든 죽기 살기로 하는 사람을 이길 수 없다는 사실을 잘 설명한 점에 고개를 끄덕이게 한다. 이 이야기는 필사적으로 임하는 자는 누구도 당해낼 수 없다는 의미를 담고 있다.

밥을 떠올려 봅시다. 밥은 단순히 말하자면 쌀로 만든 식품에 불과합니다. 그러나 의미를 부여하면 끝이 없습니다. 농민에겐 생존의 수단이요, 보통 사람에겐 하루의 즐거움이고, 빈자에겐 하늘의 선물이며 독재자에겐 억압의 도구입니다. 아무 것도 아닌 일도 의미가 부여되면 엄청난 '것'이 됩니다. 자, 다음과 같은 의미 부여는 얼마나 대단한지요. 예술의 역사를 뒤바꾼 천재 화가라 불리는 이탈리아 화가 카라바조(1571~1610)에 대한 극찬입니다.

> 카라바조 이전에도 미술이 있었고, 카라바조 이후에도 미술이 있었다. 그러나 카라바조 때문에, 이 둘은 절대 같은 것이 될 수 없었다.
>
> — 틸만 뢰리히, 『카라바조의 비밀』, 출판사 서평 중

비유를 써서 의미를 부여하는 경우도 많습니다. '제2의 아인슈타인', '로봇계의 해리포터' 따위입니다. 비유를 쓰면 글에 생동감이 생기고 독자가 의미를 이해하기도 쉬워집니다. 예컨대 이런 문장이지요.

> 존 F. 케네디 전 미국 대통령의 특별보좌관으로 불후의 명연설문을 작성했던 테드 소렌슨이란 인물이 있었다. 케네디는 대외문제 자문역을

맡기도 했던 소렌슨을 두고 "나의 지적 혈액은행"이라고 극찬했다.[19]

교훈 찾기도 의미 부여와 비슷한 방식으로 활용할 수 있는 기술입니다. '~하는 의미가 있다'거나 '~란 교훈을 준다'가 가장 흔히 쓰이는 형태입니다. '~점을 시사한다', 혹은 '~를 보여준다'는 형식도 많이 쓰입니다.

- 이 보고서는 지역균형발전 정책 수립에 나름대로 기여를 했다는 **데 의미가 있다.**
- 이 보고서는 지역균형발전과 관련한 정책 수립에 유의미한 대안이 될 것**으로 판단된다.**
- 이 보고서는 지역균형발전에 대한 정책이 좀 더 거시적으로 검토되어야 한다는 점을 **시사한다.**

여기에서 **시사점**示唆點의 시사示唆는 시사時事와 다릅니다. 전자는 미리 유추해 보는 사실, 즉 암시라는 뜻이지만 후자는 시의성 있는 사안이라는 뜻입니다. 시사점示唆點은 특정 사안을 분석해서 얻은, 일종의 예측이자 통찰입니다. 의미 부여는 성과를 보고하는 데 유용합니다. 당신이 어떤 논문을 썼다고 합시다. '이 논문은 이런 부분에 의미가 있다'

---

19 「'불후의 명연설문' 테드 소렌슨, 뇌졸중 합병증으로 타계」, 《경향신문》, 2010년 11월 2일자

고 쓴다면 본인의 성과를 또렷하게 강조할 수 있습니다. 다음처럼 말입니다.

- 이 논문은 미래성장 먹거리와 관련한 민간부분의 연구개발 성과에 새 이정표가 되리라 **확신한다.**
- 이 논문은 청년 실업이 사회문제화 되고 있는 시점에서 일자리 창출 아이디어로서 상당한 **가치가 있다.**

여덟. 설득하기 – 공감을 부르는 스토리텔링

업무용 글쓰기에는 메시지 전달 기능 외에도 타인을 설득하여 공감을 이끌어내는 기능 역시 매우 중요합니다. 글로 타인을 설득하는 일은 쉽지 않습니다. 복잡한 쟁점을 일목요연하게 정리해야 하기 때문에 상당한 내공이 필요합니다. 거기에다 읽는 사람의 마음까지 움직여야 합니다. 효과적인 설득에는 여러 가지 방법이 있습니다.

먼저 **두괄식**이 효력을 발휘합니다. 예를 들어 자기소개서에 '나는 기획통이다'라고 선언한다고 합시다. 읽는 이는 '그래? 이 친구가 기획을 좀 했나?'라고 생각하며 읽게 됩니다. 그러다 본론에서 관련 내용이 나오면 자연스럽게 메시지에 동화됩니다.

다음은 **감성에 호소**하는 방법입니다. 마음에 와 닿게 하는 것입니다.

비유나 **예시**가 효과적이지요. 삼성이 새 스마트폰을 출시한 뒤 카피 논란에 휩싸였던 때가 있습니다. 당시 삼성 쪽에서 반박하면서 들었던 비유가 탁월했습니다.

'자동차 바퀴가 4개 달리면 표절이냐?'

비유의 효능이 잘 드러나는 문장입니다. 또 다른 예를 하나 볼까요? 인문학자 월터 카우프만(1921~1980)의 『인문학의 미래』라는 책을 '단단한 껍데기 속 호두'에 비유한 신문 기사 입니다.

> 초반 인문학이란 부담스러운 제목의 압박을 잠깐 버텨내면 고소한 알맹이를 맛볼 수 있다. 니체 철학을 30여년간 강의한 교수 월터 카우프만이 1977년 쓴 책으로, 굳이 설명하자면 '인문학판 나꼼수' 같은 책이다.[20]

당신이 발레 공연을 소개하는 공연 기획사 직원이라고 가정하지요. 일반인이 쉽게 접근하기 어려운 발레를 다음과 같이 소개한다면 인상적이지 않을까요.

> 발레를 아름다운 여성의 일생에 비유하자면, 이탈리아에서 태어나 중

20 권은중, 「'인문학의 가치' 알려면 소크라테스형 인간 돼라」, 《한겨레신문》, 2011년 11월 4일자

고등학교 시기를 프랑스에서 보내고, 대학은 러시아에서 나와 다국적 기업에서 일하고 있는 30대 초반의 여성이라고 할 수 있다.

— 김소영, 『예술감상 초보자가 가장 알고 싶은 67가지』

발레의 역사가 한 눈에 들어옵니다. 어려운 내용을 이야기 형식으로 전하는, 일종의 **스토리텔링**입니다.

예시는 말 그대로 예를 드는 화법입니다. 일본 소프트뱅크 손정의 회장은 재기발랄한 인물입니다. 그가 누구인지 보여주기 위해선 다음 일화 한 편이면 족합니다. 재일교포 3세인 손정의 회장은 기업 운영 때문에 일본에 귀화를 결심합니다. 하지만 손이라는 성씨만은 지키고 싶어 이름을 '손 마사요시'로 하기로 했습니다. 그러나 법원이 거절했습니다. 이유는 '일본에 '손'이라는 성씨가 없기 때문'이었습니다. 하지만 실은 한국 성을 지키려는 의도를 알아챘기 때문이었습니다. 손정의가 세운 전략은 이렇습니다. 그의 와이프는 일본인이었습니다. 그는 와이프 성을 먼저 손 씨로 개명하게 합니다. 그러면 일본에 손씨가 있게 되죠. 바로 그 전례를 통해 자신의 성을 유지했습니다. 이 일화를 통해 손정의는 우리에게 여전히 '재일교포'로 남았습니다.

전략적 시나리오 기법도 있습니다. 설득을 하려면 처음에 강력한 주장을 편 다음, 이후 주장을 철회하면서 상대방이 보상을 느끼도록 유도하는 방법이 효율적이겠지요. 그러기 위해 시나리오를 짜는 방법입니다. 전략은 목표를 이루기 위한 수단이며 목표로 가는 지름길입니다. 훌륭한 전략가는 시나리오를 잘 짜는 사람입니다. 여기엔 치밀한 분석력과 풍부한 상상력, 그리고 무엇보다 통찰력이 필요합니다. 상당히 추상적이게 들리지요? 보다 쉽게 말씀드리겠습니다. 늘 '이미지 형상화' 작업을 하면 좋습니다. 머릿속으로 이미지를 그려 보는 일입니다. 특정한 상황을 가정하고 설계를 해 보는 겁니다. 예를 들어 다음날 일과를 촘촘히, 시간대별로 상상하는 일이 그중 하나입니다. 이런 훈련이 사고를 전략적으로 바뀌게 합니다.

5장

장르 연습 :
9장르만 파악하면
진정한 프로가 된다

직장인 글쓰기는 여러 장르로 나뉜다.
상황별로 유연하게 글을 쓴다면
어떤 업무든 원활히 처리할 수 있다.

기본 보고서 – 두괄식으로 강력하게

기원전 490년, 페르시아군이 그리스를 침공합니다. 페르시아군과 그리스군은 마라톤 평원에서 치열한 전투를 벌였습니다. 전쟁은 수일간 지속됐습니다. 이 전투에서 그리스 쪽이 승리했습니다. 그리스 병사 페이디피데스는 전장에서 아테네까지 약 40킬로미터를 달린 뒤 승전보를 전한 뒤 죽었지요. 아시다시피 육상 종목 마라톤의 유래가 된 이야기입니다. 당시 상황으로 돌아가 봅시다. 만약 당신이 페이디피데스라면 왕과 시민들 앞에서 전투 결과를 어떻게 보고할까요? 당연히 "폐하, 우리 군이 페르시아 군을 꺾고 전쟁에서 이겼습니다"라고 할 것입니다. 전쟁이라는 급박한 상황에서, 가장 중요한 내용인 전투 결과부터 알리는 게 당연하지요. 그렇게 하지 않는다면, 듣는 사람이 답답함을 느낄 수도 있습니다. 다음 사례를 보지요. 1525년 전라좌도 수사 방호의가 중종에게 올린 장계 내용입니다. 장계는 지금의 보고서입니다.

> 이달 16일에 왜인들의 배 4척이 세존암으로 해서 나오기에, 신이 병선 20척을 거느리고 손죽도에 정박하고 있는데, 17일에 포작간이 고하기를 "왜선 4척이 평두도에 왔다"고 하기에, 신이 즉시 좌우로 나눠어 쫓아나가, 오시에서 유시까지 서로 싸웠는데, 2척은 절반쯤 화살을 맞아 남쪽 큰 바다로 패하여 도망하기에 2척을 협공하니, 한 척에서는 왜인 11명 중에 2명이 칼을 들고 용맹을 부리다 화살에 맞아 추락하고 한 척에서는 12명 중에 1명이 화살에 맞아 활을 든 채 추락하여 모두 바다에 침몰하였고, 그 나머지 19명은 모두 쏘아죽여 머리를 베었습니다. 노획한 칼과 활 등의 물건을 올려 보냅니다.
>
> —『중종실록』 55권, 1525년(중종 20년) 9월

왜군과 싸운 이야기이니 이 글도 말로 바꾸면 똑같은 전황보고입니다. 그러나 이 글은 끝까지 읽어야 내용을 알 수 있습니다. 즉, 미괄식 구조로 쓴 글입니다. 500년 전 조선의 장수는 전황을 보고하면서 용건을 글의 후반부에 배치했습니다. 용건을 앞에 배치한 두괄식 구조로 바꿔 이 글을 다시 쓰면 첫 문장은 다음과 같습니다.

> "전하, 이달에 왜선 4척이 침략했는데 우리 군이 2척을 침몰시키고 22명을 죽였습니다."

보고를 받는 임금의 입장에서는, 이쪽이 훨씬 이해가 빨리 되지 않았을까요?

우리는 글을 쓸 때 시간 순서나 사건 추이, 과정 결과에 따라 쓰는 데 익숙합니다. 중요한 내용이 마지막에 등장합니다. 미괄식 구조입니다. 물론 이 구조도 강점이 있습니다. 상황을 설명하고 배경정보를 미리 주면서 물 흐르듯 자연스럽게 결론을 이끌어냄으로써 나름의 설득력을 가집니다. 다만 일을 바삐 처리해야 하는 오늘날 업무 형태를 고려하면 효율성이 매우 떨어집니다. 미괄식 구조의 말이나 글로 인해 직장에서는 종종 커뮤니케이션이 지체되기도 합니다. 글쓰기 수업을 듣는 한 직장인이 제게 고충을 털어놓은 적이 있습니다. "제가 보고를 하면 팀장이 짜증을 냅니다. 본론만 말하라고 하는데 무슨 말인지 모르겠습니다."

부팀장 격인 그가 상사인 팀장에게 뭔가를 보고하면 퇴짜를 맞곤 한다는 겁니다. 팀장이 말하는 본론은 무엇일까요. 바로 **'핵심, 용건, 결론'**입니다. 제 강의를 듣고 나서야 어떤 내용을 보고할 때 자신이 서론을 장황하게 말하고 있다는 사실을 알았답니다. 그는 미괄식으로 말한 겁니다. 미괄식은 상황이나 배경, 이유를 설명한 뒤 용건이나 결론을 말하는 방식입니다. 반면에 두괄식은 용건이나 결론을 말하고 상황을 설명하거나 이유를 대는 방식입니다. 미괄식도 말과 글에서 중요하게 쓰이는 형식이지만, 두괄식 어법을 꼭 써야 할 때가 있습니다. 어떤 저자가 털어놓은 과거 경험입니다.

> "초등학교 4학년 때 일이다. 나는 미친 듯이 산속을 향해 달리고 있었다. 엄마를 쫓아가는 아빠를 따라 잡기 위해서였다. 내가 엄마를 먼저 잡지 않으면 엄마는 아빠한테 잡힐 것이다. 그러면 늘 그렇듯 폭행을 당할 터였다. 작은 체구지만 엄마를 보호할 사람은 나밖에 없었다. 나는 달리고 또 달렸다. 어떻게 해서든지 먼저 가서 엄마 앞에 서야 한다는 생각뿐이었다."
>
> — 조성희, 『어둠의 딸, 태양 앞에 서다』

긴박감이 느껴집니다. 그런데 이 아이가 만약 가는 도중 경찰을 만나 상황을 신고한다면 뭐라고 했을까요. 당연히 두괄식으로 말해야 합니다.

> "우리 엄마 좀 살려주세요. 엄마가 아빠에게 쫓기고 있어요."

경찰이 "너, 왜 그렇게 달리고 있니?"라고 물을 때, 기승전결의 순서대로 답할 수는 없습니다. 간결하게 핵심을 말해야 합니다. 만약 위 글을 읽고 경찰관이 상부에 해당 사건을 보고한다면 뭐라고 쓸까요. 다음과 같이 쓸 겁니다.

> 한 초등학생이 신고한 내용은 '아빠에게 쫓기는 엄마를 보호하기 위해

미친 듯이 달렸다'는 것입니다.

두괄식 구조이지요. 또 다른 예입니다.

> 2003년 크리스마스 직후 일이다. 뉴욕 소방서에 구조요청이 접수됐다. 한 시민이 옆집에서 이상한 소리가 들린다고 신고한 것이다. 구조대가 출동했다. 현관문을 쇠지레로 뜯어내자 책들이 복도로 쏟아져 나왔다. 내부엔 책이 산더미처럼 쌓여 있었다. 그 속에서 끙끙대며 살려달라는 소리가 들렸다. 구조대원은 무덤처럼 잔뜩 쌓인 출판물 더미들을 파헤치기 시작했다. 마침내 아파트 구석에서 책에 파묻혀 있던 주인을 찾아냈다. 이후 구조대는 50자루 정도를 퍼낸 후에야 주인을 구할 수 있었다. 무려 1시간 이상이 걸린 책과의 전쟁이었다. 수집광이자 독서광이었던 이 남자의 이름은 패트리스 무어였다. 당시 43세.
>
> — 알베르토 망구엘, 『밤의 도서관』

당신이 소방대 소속이라고 가정해 보지요. 어떻게 보고해야 할까요? 답은 이렇습니다.

> 우리는 시민의 신고를 받고 출동해 책 더미에 깔린 한 남자를 구출했습니다.

모든 직장에서는 두괄식 보고가 필수적입니다. 용건이나 결론을 먼저 밝힌 다음, 이유나 근거를 대는 방식이 직장 글쓰기의 기본이 되어야 합니다.

공지문 – 핵심 문장만 알면 끝

요즘엔 IT기술의 발달로 인해 말보다 글로 용건을 전하는 일이 많습니다. 글을 잘 써야 할 필요성이 그 어느 때보다 커진 겁니다. 직장에서 문서로 이뤄지는 커뮤니케이션의 유형은 간단한 보고부터 전략적인 기획까지 다양합니다. 출장을 다녀오면 보고서를 작성해야 하고, 특정 계획이 실행되면 공지 글을 써야 합니다. 업무와 연관된 보도자료를 내거나 고객에게 뉴스레터를 보내기도 합니다. 실태나 상황을 파악해 전해야 할 수도 있으며, 상사의 연설문을 쓰거나 서비스를 기획해 문서로 보여줘야 할 때도 있습니다. **일 시작은 말로 해도 마무리는 문서로 합니다.** 이러한 문서 커뮤니케이션의 기본은 '전달'입니다. 어떤 사안을 누군가에게 전하는 일이 가장 많습니다. 그런데 이 일이 쉽지 않습니다. 용건을 전달한다는 게, 누군가에게 공을 받아 또 다른 누군가에게 '토스'하듯 단순히 할 수 있는 일은 아니기 때문입니다.

여기에서 제일 중요한 과정이 **핵심 파악**입니다. 회의록을 작성할 때는 내용을 잘 파악해야 합니다. 자료를 취합할 때도 마찬가지입니다. 거래처와 협상하거나, 언론이 보도한 기사를 보고할 때는 사안을 꿰뚫어야 합니다. 핵심을 놓치면 큰 사달이 날 수 있습니다. 똑똑한 직장인의 기본 덕목입니다. 그렇다면 '핵심'이 과연 뭘까요? 국어사전에는 '사물이나 사안의 중심이 되는 부분'이라고 정의돼 있습니다. 그러나 사실 상당히 모호한 개념입니다. 글이라는 사물의 중심, 즉 핵심은 무엇이며, 어떻게 찾을 수 있을까요? 예를 들어 보지요. 『심청전』에서 핵심은 무엇입니까?

1. 지극한 효성을 가진 심청이 이야기다.
2. 지성이면 감천이다.
3. 심청이가 자신의 몸을 희생하는 효성으로 청각장애인인 아버지의 눈을 뜨게 했다는 것이다.

답은 무엇일까요? 헷갈립니다. 1, 2번은 주제이고 3번은 내용을 압축한 것입니다. 이처럼 핵심은 쉽게 규정하기 어려운 말입니다. 본 책에서는 핵심을 '전체 내용을 압축한 것'이라고 정의합니다. 아울러 앞서 언급한 것처럼 이 '핵심'을 담은 문장을 **핵심 문장**Point Sentence이라고 정의합니다.

이제 업무용 글쓰기의 기본인 공지문을 보겠습니다. 무언가를 알릴 때, 첫 문장은 전체를 압축해 보여줄 수 있는 핵심을 담아야 합니다. 핵심 문장은 대개 주체, 행위, 이유나 목적 등으로 구성됩니다. 예를 들어 보겠습니다. 지난해 추석 당시, 경기 침체로 인해 소비자들이 백화점보다 재래시장을 더 많이 이용할 것이라는 예측이 있었습니다. 이를 공지문으로 만든다면 다음과 같습니다.

> 올 추석 때 재래시장 매출이 알뜰 쇼핑 문화의 확산으로 인해 크게 늘 것으로 예상된다.

이 문장의 구조를 봅시다. '재래시장 매출이 올 추석 때 늘 것이다'라는 **내용**과 '소비자들의 알들 쇼핑 문화의 확산 때문'이라는 **이유**가 합쳐진 글입니다. 다른 사례입니다.

> 저희 회사는 7월 14일부터 수수료 체계 개편 및 표준화된 관리 서비스 시행을 앞두고 수신자 부담 전화 서비스를 우선 시행합니다. 수신자 부담 전화를 통해 통화료 부담 없이 더욱 빠르고 편리하게 서비스를 이용하시기 바랍니다.

이 글을 보면 주체는 '저희 회사'이고 행위는 '수신사 부담 전화서비스를 우선 시행한다'는 내용입니다. 이유는 '7월 14일부터 수수료체계

개편 및 표준화된 관리서비스 시행을 앞두고'입니다. 이러한 공지문은 일상에서 흔히 발견됩니다. 아파트 입구 게시판의 안내문을 유심히 살펴보십시오. **주체, 행위, 목적이나 이유**가 담긴 구조일 겁니다. 동절기가 되면 아파트 관리실에서 단골로 내거는 공지문을 한번 볼까요?

> 오늘 저녁 기온이 급격히 낮아져 수도관이 동파할 우려가 있으므로 입주민들께서는 수도꼭지를 약간 열어 놓으시기 바랍니다.

핵심 문장은 업무용 글쓰기의 근간입니다. 상사에게 보고를 하거나 보고서를 작성할 때도 유용하게 쓰입니다. 엄밀하게 말하면 모든 문서에는 핵심 문장이 담겨야 합니다.

기안문 – 첫 문장에 답이 있다

모든 관공서나 회사에서는 날마다 일을 추진합니다. 누군가 계획을 세우고, 누군가 검토하고, 누군가 결정합니다. 직장인들은 거의 매일 기안문을 씁니다. 기안은 어떤 계획을 세워서 추진하겠다는 문서입니다. 동시에 그 의사를 상사에게 검토 요청하고 승인을 받는 문서이기도 합니다.

이런 상황을 가정해 보지요. 요즘엔 많은 업체들이 SNS 마케팅을 강화하는 추세입니다. 어떤 화장품 회사의 마케팅 담당자가 페이스북에 이벤트를 추진하기 위해 기안문을 쓰는 경우, 다음과 같은 첫 문장이 예상됩니다.

회사 브랜드 이미지를 높이기 위해 SNS를 이용하는 젊은 층을 대상으로 경품 이벤트를 추진하고자 합니다.

이 기안문에서도 핵심이 가장 중요합니다. '무언가를 한다'는 **핵심이 제목이나 문서의 첫 문장에 담겨야** 합니다. 첫 문장에 핵심 문장이 오는 겁니다. 핵심 문장은 앞서 공지 글에서 봤듯이 '주체와 행위'로 구성됩니다. 여기에 추진해야만 하는 이유나 추진하게 된 배경 따위가 들어갑니다.

회사 내부에서 검토 및 승인이 이뤄지는 기안문에서는 보통 주어가 생략됩니다. 직장에서는 목적이나 이유 없이 수행하는 일이 없습니다. 일에는 언제나 목적이 있습니다. 어떤 계획을 추진할 때도 '왜 하는지', 즉 목적이 자동적으로 따라붙습니다. 기안문 역시 '누가 무엇을 한다'는 내용에 이유나 목적 따위가 붙는 구조로 되어 있습니다. 2017년 초, AI로 인해 달걀 대란이 일어났습니다. 설 명절을 앞두고 농림식품부는 외국에서 달걀을 수입하는 방안을 검토했습니다. 담당자의 기안문은 다음과 같았을 것입니다.

설을 앞두고 AI로 인한 수급 불안정을 해소하기 위해 정부 차원에서 외국산 계란을 직접 수입하는 방법을 추진하려고 합니다.

2016년 11월 도널드 트럼프가 미국 대통령으로 당선되자 전 세계가 긴장했습니다. 보호무역 기치를 내건 트럼프의 관세 위협 앞에 우리나라와 국내 기업체 역시 전전긍긍했습니다. 삼성전자는 대응책으로 미국에 가전공장을 건설하는 방안을 검토했습니다. 미국 현지 일자리 창출 차원입니다. 담당자는 관련 내용을 바탕으로 기안을 올렸을 겁니다.

> 삼성전자는 트럼프 대통령의 관세 압력에 선제적으로 대응하기 위해 미국 현지에 가전공장 건설을 추진할 계획입니다.

최근 중국의 사드 보복과 내수 침체로 불황을 겪고 있는 한 백화점이 매장 변화를 통해 이익 창출을 모색하고 있습니다. 이때 기안문의 첫 줄은 다음이 됩니다.

> 경쟁사와의 차별화를 위해 예전의 인기상품 위주가 아닌, 특정 콘셉트의 전문 매장 구성을 추진하고자 합니다.

통영은 세계적인 작곡가 윤이상(1917~1995)의 고향입니다. 통영시는 윤이상 탄생 100주년을 맞아 2017년 9월 한 달 동안 추모행사를 개최하기로 했습니다. 관련 기사입니다.

> 통영국제음악재단은 윤 선생의 탄생일인 9월 17일에 즈음해 다음 달

2일부터 24일까지 선생의 인생과 음악적 업적을 기리는 '2017 통영프린지 공연'을 마련했다고 28일 밝혔다. 주제는 선생의 1980년 작품인 '밤이여 나뉘어라'로 정했다. 작품의 내용처럼 새벽을 여는 마음을 담아 변화를 갈구한다는 의미를 담았다.[21]

이 내용은 이미 확정돼 발표된 사안입니다. 통영국제음악재단의 직원은 이 행사를 기안하고 승인을 맡았을 터, 기안문을 쓴다면 다음이 될 것입니다.

윤이상 선생의 탄생 100주년을 맞아 우리 지역에서 대 작곡가의 인생과 음악적 업적을 기리는 '2017 통영프린지 공연'을 추진하고자 합니다.
행사명 : '2017 통영프린지 공연'
주제 : '밤이여 나뉘어라'(새벽을 여는 마음 담은 변화의 열망)
일정 : 9월2일~24일

21 「윤이상 탄생 100주년… 거장을 기억하는 통영의 9월」, 《국제신문》, 2017년 8월 28일자

설명문 – 문제는 디테일이다

책 이야기를 좀 할까요. 책은 지금이야 흔한 상품이지만 처음 만들어졌을 때는 매우 신기한 '물건'이었음이 틀림없습니다. 책이라는 상품이 탄생한 초창기, 누군가는 그 생소한 물건이 과연 무엇인지 설명해야 했을 겁니다. 뭐라고 소개했을지 상상해 보세요. 떠올리기가 쉽지 않지요? 당시에 쓰였을 설명문은 지금 우리의 상상과는 매우 다를 것입니다. 상품 설명을 해야 할 때 보통 처음 드는 고민은 '쓸 거리'가 없다는 것입니다. 그러나 숙련자들은 많은 분량을 써 냅니다. 열기구를 떠올려 볼까요. 다음과 같은 설명서가 붙을 것입니다.

둥근 공기주머니(다른 말로 기구) 모양이다. 기구의 맨 아래 부분은 동그랗게 뚫려있다. 그 입구 아래 버너를 싣는 적재함이 밧줄로 이어져 매달려있다. 버너가 불을 피우면 주머니 속의 공기 온도가 뜨거워져 기수를 위로 뜨게 한다. 이 기구는 사람을 날게 할 수 있고, 물건을 손쉽게 다른 곳으로 이동시킬 수 있다.

이 글을 뜯어 보면 외관 설명, 작동 원리, 장점 설명이라는 세 가지 요소로 이뤄져 있습니다.

1. 외관 설명 : 둥근 공기주머니(다른 말로 기구) 모양이다. 기구의 맨 아래 부분은 동그랗게 뚫려 있다. 그 입구 아래 버너를 싣는 적재함이 밧줄로 이어져 매달려 있다.

2. 작동 원리 : 버너가 불을 피우면 주머니 속의 공기 온도가 뜨거워진다. 더운 공기는 차가운 공기보다 가볍다. 따라서 기구가 상승한다. 하늘 높이 오른 열기구는 바람의 흐름을 따라 비행한다.
3. 장점 설명 : 이 기구는 사람을 날게 할 수 있고, 물건을 손쉽게 다른 곳으로 이동시킬 수 있다.

외관을 잘 드러내기 위해서는 묘사 훈련을 많이 해야 합니다. 특히 디테일을 놓치지 말아야 합니다. 자세히 보면 처음에 보지 못하는 부분이 드러납니다. 장점 설명은 차별화가 포인트입니다. 기존 제품과 무엇이 다른지를 설명한다면 훨씬 설득력 있는 설명서가 될 겁니다. 또한 독자가 쉽게 이해하도록 써야 합니다. 아무리 그럴싸한 설명도 대중이 이해하지 못한다면 높은 점수를 줄 수 없습니다. 아래는 SK플래닛 홈페이지에 나온 회사명 설명입니다.

SK플래닛이라는 사명은 새로움이 넘치고 미지의 꿈이 담긴 커다란 세상이라는 의미와 함께, 플랫폼을 기반으로 상생의 Ecosystem을 통하여 새로운 관계를 만들어가겠다는 Platform + Networking의 뜻을 가지고 있습니다.[22]

'상생의 에코시스템'이란 말이 어렵습니다. 우리말로 번역하면 상

22 SK플래닛 홈페이지

생의 생태계인데, 의미가 추상적입니다. 다음처럼 쉽게 설명하면 어떨까요.

> SK플래닛은 Platform + Networking을 추구합니다. 플랫폼을 기반으로 사람과 지식, 기술의 생태계를 연결하여 상생의 관계망을 만듭니다. 현실을 뛰어넘는 새로운 꿈을 꾸는 세상, SK플래닛이 만듭니다.

이번에는 회사의 로고나 CI 설명문을 보지요. 이를 설명하기란 쉽지 않습니다. 글쟁이가 할 일입니다. 다음은《경향신문》의 로고 설명 글입니다. 단순한 로고 이미지에 맞게 간결하게 서술했습니다.

> 직사각형 박스는 세상에 존재하는 모든 미디어를 상징합니다. 신문에서 스마트폰까지 콘텐츠를 담을 수 있는 모든 종류의 그릇인 셈입니다. 앞으로 경향이 다양한 미디어를 통해 독자와 만나겠다는 약속이기도 합니다. 왼쪽의 빈 공간은 경향이 세상과 소통하는 열린 언론임을 상징합니다. 세상과 콘텐츠가 만나는 길목에서 언제나 경향이 자리하겠다는 의미입니다.[23]

로고처럼 회사의 상징적인 디자인을 설명하는 설명문에서는 '의미부여'도 중요한 요소입니다. 그 유명한 샤넬 로고를 떠올려보지요. 단

---

23 《경향신문》 홈페이지

순히 알파벳 C 두 개를 겹쳤을 뿐입니다. 이 C는 창업자인 코코 샤넬 Coco Chanel(1883~1971)의 이름에서 따온 것입니다. 뭘 설명하고 말고 할 게 없는 것 같지만, 다음과 같은 여러 문장으로 그 의미를 풀어낼 수 있습니다.

> 이 로고는 샤넬이 세계 패션계에 던진 화두와 이념을 잘 드러내 보인다. 먼저, 검정색과 흰색이라는 세상에서 가장 단순하고 순수한 색의 대비로 이루어졌다는 점이다. 그리고 두 개의 C자가 이루고 있는 완벽한 대칭성이다. 이는 여성을 거추장스럽고 불편한 옷으로부터 해방시키려고 했던 샤넬의 정신이 그대로 드러나 있다.[24]

의미 부여는 고도의 기술입니다. 이 기술을 연마하기 위해서는 각종 로고나 상징물에 담긴 의미를 풀어헤친 글을 많이 접해야 합니다. 다

24 김신, 「20세기 디자인 아이콘」, 《네이버캐스트》, 2010년 10월 27일자

양한 설명문을 찾아 읽고, 앞에서 제가 한 것처럼 따라 쓰거나 고쳐 써 보십시오. 꾸준히 연습하다 보면 금세 실력이 늘어날 것입니다.

이메일 – 7가지 원칙

'지금까지 말씀하신 내용을 이메일로 보내 주십시오'라는 요청을 직장에서 받았다고 칩시다. 글쓰기가 서툰 직장인은 이메일 하나를 쓰는 데도 스트레스를 받습니다. 통화로 끝나면 좋으련만, 내용을 서술해서 문서로 보내야 합니다. 말로 하면 간단합니다. 그러나 문서로 할 때는 구체적이고 논리적인 과정을 따라야 합니다. 이메일 쓰기에는 7가지 원칙이 있습니다.

먼저 **제목에는 가장 중요한 내용이 최우선적으로 반영돼야** 합니다. 제목이 1차적으로 노출되기 때문이지요. '겉핥기 제목'은 바람직하지 않습니다. '글쓰기 훈련소 뉴스레터 100호 발행' 따위의 제목 말입니다.

뉴스레터의 내용 가운데서도 중요한 내용을 담은 제목을 뽑는 게 옳습니다.

서술형 제목도 피해야 합니다. 이런 제목은 어떤가요?

◆ 홍길동입니다. 문서 작성 교육 과제 제출합니다

이것은 제목이 아닙니다. 제목은 압축의 묘미가 있어야 합니다. 다음과 같이 쓰는 게 좋습니다.

⋯▸ '문서 작성 교육 과정' 1차 과제 제출(홍길동)

서술형 제목은 압축형 제목보다 상대적으로 쉽습니다. 그런데 쉽다고 서술형으로만 쓰는 버릇을 들이면, 좋은 제목을 달기가 더 어려워집니다.

세 번째 팁입니다. **제목에 '크레딧'을 넣으면 좋습니다.** 영화가 끝나면 맨 마지막에 죽 내려오는 자막을 엔딩 크레딧이라고 합니다. 의상, 카메라, 조명 등 제작에 참여한 사람들의 명단입니다. 이메일에서 크레딧은 '소속'을 말합니다. 위 글에서는 '홍길동'이 크레딧입니다. 사람 이름이 아니라 회사명이 될 수도 있습니다.

이메일은 **두괄식으로 써야 한다**는 점도 빼놓을 수 없습니다. 인사말을 생략하라는 것은 아닙니다. 간략히 인사한 후, 바로 용건을 말해야 합니다. 수신자는 하루에도 여러 건의 메일을 받을 것이고, 그만큼 바쁠 겁니다. 서두가 장황하면 용건을 읽기 전에 메일 창을 닫아 버릴 가능성이 큽니다. 제가 받은 뉴스레터 중 하나입니다.

> 정부에서 지원하는 창업자금은 누구나 창의적인 아이디어와 도전정신, 의지가 있다면 나이, 학연, 지연 등을 가리지 않고 공정하게 배정되고 있습니다. 저희 회사에서는 금년에도 많은 회원 분들께서 5천만~5억 원 수준의 다양한 창업자금을 받으시도록 도와드렸습니다.
> 실제로 금년에 창업자금을 받으신 스타트업 기업 CEO를 모시고 이번 주 토요일에 특강을 진행합니다. 불과 몇 달 전까지만 해도 아이디어와 열정밖에 없던 분들이 어떻게 자금 조달에 성공하셨는지 생생하고 진솔한 이야기를 직접 확인해 보세요!

이 글의 핵심, 즉 이 글에서 가장 먼저 알릴 내용은 무엇일까요? 토요일에 특강을 한다는 사실입니다. 따라서 '금년에 창업자금을 받으신 스타트업 기업 CEO를 모시고 이번 주 토요일에 특강을 진행한다'는 내용이 맨 앞에 배치돼야 합니다. 그런 다음 창업자금에 대해 설명하는 쪽이 낫습니다. 아래 글처럼 배경을 설명하는 방식으로 이메일을 쓰는 것도 좋지 않습니다.

◆ 안녕하십니까?

A회사 홍보팀 홍길동입니다.

다름이 아니라 저희 홍보팀에서 사보의 칼럼을 대체할 콘텐츠를 찾고 있는데, 귀사 사이트의 '재테크 칼럼'을 무상으로 실을 수 있는지 확인하고자 메일을 드렸습니다.

되도록이면 용건을 먼저 말한 다음 설명하는, 두괄식으로 써야 글이 세련되고 명쾌합니다. 다음처럼 말입니다.

…› 안녕하십니까?

A회사 홍보팀 홍길동입니다.

귀사 사이트의 '재테크 칼럼'을 저희 사보에 무상으로 실을 수 있는지 문의 드립니다. 저희 홍보팀은 기존 칼럼을 대체할 콘텐츠를 찾고 있는 중입니다.

다음은 **간결성 원칙 준수**입니다. 이메일을 매우 장황하게 쓰는 사람들이 있습니다. 친구에게 보내듯 시시콜콜하게, 구구절절 내용을 적어 보내는 경우입니다. 앞에서도 말했듯이 받는 사람은 용건을(혹은 용건만) 확인하고자 합니다. 간결성의 원칙은 특히 숫자와 관계된 내용을 처리할 때 반드시 유념해야 합니다. 특이 일정 따위는 '정보 형'으로 처리하는 쪽이 좋습니다. 예문입니다.

◆ 안녕하세요.

대표님께 문화예술 분야 기획안 작성 강의를 의뢰합니다.

11월 10일(목) 19:00~21:00 로(실제 1시간 반 정도 수업), 전문예술인 30~50여 명 정도가 참석할 것으로 예상합니다.

감사합니다.

이 이메일의 중간 부분은 다음처럼 처리하는 쪽이 좋습니다.

⋯▸ 일정 : 11월 10일(목) 19:00~21:00

대상 : 전문예술인 30~50여 명

아울러 **업무용 이메일에서는 이모티콘을 남용하면 안 됩니다.** 친구에게 보내는 메일과 업무 관련자에게 보내는 메일은 엄연히 다릅니다. 요즘 특히 주의해야 하는 내용이지요. 모든 문서가 그렇듯, 이메일 역시 품위를 지켜야 합니다. 마지막으로 **이메일 하단에 특정 문구를 넣는 것도 좋다**고 봅니다. 본문 내용과 상관이 없는 문구도 괜찮습니다. 잘 활용하면 자신의 존재감을 인상적으로 남길 수 있습니다. 예컨대 다음과 같은 글입니다.

당신과 신나게 일하고 싶습니다!

후회가 꿈을 앞서는 순간부터 인간은 늙는다.

“항구에 정박해 있는 배는 결코 좌초당하지 않습니다. 그러나 아무 곳도 갈 수 없지요. 배로서 가치를 상실한 것입니다. 떠나는 배만이 뭔가를 얻을 수 있습니다. 도전하는 배는 항구에 묶여 있는 배보다 훨씬 아름답고 고귀합니다."

꿈꾸는 자만이 꿈을 이룬다.

보도자료 – 중요한 순서로 배치하라

기업은 상품이나 서비스를 잘 팔기 위해 영업이나 마케팅을 합니다. 정부 역시 국민의 알 권리를 보장하는 차원에서 각종 정책 정보와 행사 소식 등을 알려야 합니다. 언론은 이러한 기업과 정부, 혹은 또 다른 제3자로부터 필요한 정보를 취해 국민들에게 보도하는 역할을 합니다.

보도자료는 언론이 기사화 할 수 있는 정책, 행사, 서비스 등의 정보를 담은 문서입니다. 즉, 보도자료의 수신 대상은 언론입니다. 기자는 보도자료를 보고 관련 내용을 취재한 다음, 언론을 통해 보도합니다. 물론 넓게 보면 궁극적인 수신 대상은 시민 일반입니다. 보도자료가 향하는 1차 과녁은 기자이므로, 기사 형태로 구성합니다. 보도자료는 크게 **제목, 리드, 본문**이라는 세 부분으로 구성됩니다.

Point 보도자료의 구조

1. 제목 : 글의 내용을 압축한 문장. 형식에서는 간결하고 내용에서는 함축적이어야 한다. 글의 내용으로 안내하는 이정표다.
2. 리드 : 가장 중요한 내용이 한두 줄로 요약된 문장. 대개 한 단락 안쪽.
3. 본문 : 리드 내용을 자세히 설명하는, 리드를 제외한 대부분의 글.
4. 멘트 : 보도자료 주체나 관계자, 관련자의 말(반드시 들어가진 않는다).

아래 예문을 보겠습니다.

> **[제목]** 유명 스타와 똑 닮은 인형 만드는 장인 화제
> **[리드]** 기술 전문매체 《와이어드》는 12일(현지시간) 사회관계망서비스(SNS) 인스타그램에서 자작 인형 사진들로 인기를 끌고 있는 네티즌 사이러스를 소개했다.
> **[본문]** 사이러스는 유명 스타들의 얼굴을 똑같이 재현한 인형들을 만든다. 인형 얼굴 표면에 그려진 눈, 코, 입, 눈썹 등이 어느 하나 할 것 없이 실물을 그대로 닮아 보는 이에게 놀라움을 선사한다.
> **[멘트]** 이에 대해 사이러스는 "취미로 시작한 일인데 많은 사람이 관심을 가져주어 고맙고 감사하다"라고 말했다.[25]

여기에 추가로 주최 측 관계자의 말이 들어갈 수도 있습니다. 보도자료에서 가장 기본이 되는 내용은 '이벤트'입니다. 여기에서 이벤트는

25 네이버 블로그(http://blog.naver.com/vision01a/220655128263)

포괄적인 개념으로 포럼, 세미나, 개소식, 주주총회, 영화제 개막 등 다양한 행사가 모두 포함됩니다.

> KB국민은행(은행장 윤종규/www.kbstar.com)은 지난 11일, 이화여고 100주년 기념관 화암홀에서 청소년을 위한 진로 멘토링 「꿈꾸는 대로 시즌5」를 개최했다고 밝혔다.
>
> — KB국민은행 보도자료

이 보도자료의 리드는 다음과 같이 알림과 목적(배경 혹은 이유)이라는 두 개의 부분으로 구성됩니다.

1. 행사 알림 : KB국민은행은 11일 콘서트 '꿈꾸는 대로' 시즌5를 서울 이화여고 100주년 기념관 화암홀에서 열었다.
2. 행사 목적 : 청소년을 위한 진로 멘토링

통신사의 알림 기사로, 보도자료의 성격과 유사한 다음 글도 마찬가지입니다.

> 제72주년 광복절인 15일 서울을 비롯한 전국 곳곳에서는 순국선열의 숭고한 뜻을 기리는 다채로운 경축행사가 열렸다.[26]

---

26 「순국선열 애국정신 되새기다… 전국 곳곳 광복절 경축 물결」, 《연합뉴스》, 2017년 8월 15일자

이 자료의 리드 역시 행사 알림과 목적(혹은 배경, 이유)으로 이뤄졌습니다.

1. 행사 알림 : 제72주년 광복절인 15일 서울을 비롯한 전국 곳곳에서는 다채로운 경축행사가 열렸다.
2. 행사 목적 : 순국선열의 숭고한 뜻을 기리기 위해

보도자료를 작성할 때는 다음 사항을 유의해야 합니다. 첫째, 기자가 잘 이해하도록 **어려운 용어나 단어를 충분히 설명해야** 합니다. 특히 IT나 과학, 의료 쪽 보도자료는 복잡한 내용이 많으므로 쉽게 풀어 써야 합니다. 기자가 이해하지 못하면 기사화될 가능성은 매우 낮습니다. 둘째, **메시지가 선명하게 드러나야** 합니다. 보도자료는 기자에게 '이런 내용이 있으니 실어주세요' 하고 부탁하는 글입니다. 따라서 중요한 내용이 뚜렷하게 부각되어야 합니다. 셋째, **중요한 순서로 써야** 합니다. 신문이나 방송의 기사는 중요도에 따라 내용을 배치하는 전형적인 두괄식 글입니다.

현황 보고서 – 숨은 배경정보 찾기

직장인이 쓰는 보고서는 다양합니다. 출장 보고서와 회의 보고서부터 상황이나 실태 보고서, 추진 보고서, 연구 보고서, 정책 보고서까지 그 수가 많습니다. 이를 크게 세 가지로 묶을 수 있습니다. '현황 보고서, 문제 해결(추진·검토) 보고서, 기획 보고서'입니다.

현황 보고서는 회의, 출장 보고서처럼 단순히 특정 사실을 알리는 보고서입니다. 기사 체크나 민원 발생 보고서도 여기에 포함됩니다. **문제 해결(추진·검토) 보고서**는 특정 사안을 추진하거나 개선하기 위한 보고서입니다. 상황이나 실태를 보고하는 데서 나아가 개선안을 내는 경우도 해당됩니다. **기획 보고서**는 특정 아이디어를 바탕으로 기획을 제안하는 보고서입니다.

일단 가장 단순한 서면 보고의 형태인 현황 보고서의 구조를 보지요. 이런 상황을 가정해 보겠습니다. '당신은 IT회사의 직원이다. 지금 정보기술과 관련된 세미나에 와 있다. 회사에서 직원 역량을 키우기 위한 교육의 일환이다. 그런데 세미나에서 한 연사가 흥미로운 정보를 들려줬다. 미래에 일어날 일에 관한 내용이다. 회사에 들어가서 그 정보를 문서로 작성해 팀장에게 제출해야 한다.' 보고서의 구조는 다음과 같을 것입니다.

1. 보고자 : 홍길동
2. 날짜 : 2017년 1월 23일
3. 보고 내용 : ○○ IT 세미나 참관기

   22일 ○○ IT 세미나에 다녀왔습니다. 세미나 내용 중 참고할 만한 뉴스입니다.

   우리가 양치질을 할 때, 칫솔은 우리가 내쉬는 숨을 검진한다. 만약 폐에 이상이 감지되는 경우 관련 데이터를 곧바로 주치의에 전송한다. 미래의 거울은 1년 후나 2년 후 예상되는 우리의 외모를 보여준다. 자동차는 언제든지 차체 외관을 좋아하는 색으로 바꿀 수 있다. 컴퓨터로 프로그램을 해 놓았기 때문이다. 갑자기 날씨가 나빠져 시야가 흐리면 곧바로 눈에 잘 띄는 색으로 바꿀 수 있다.
4. 의견 : 관련 내용을 첨부합니다. 회사에서 검토해 볼 만한 아이디어들입니다.

이 내용을 정리한 보고서는 크게 보고 내용과 보고자의 의견으로 구성됩니다. 그런데 여기에는 표면적으로 드러나지 않은 필수 항목이 있습니다. 바로 **보고의 목적과 배경**입니다. 보고의 목적이란 '왜 보고를 하는가'에 대한 답입니다. 위 보고서에서 '참고할 뉴스입니다'가 그 부분입니다. 상사에게 필요한 사항이라 보고한다는 뜻입니다. 보고의 배경은 유의해야 할 항목입니다. 이 부분은 내용이 계속 확장될 수 있기 때문입니다. 먼저 간략하게 보고 배경을 서술한 글을 보겠습니다. 행사의 기본 얼개만 간단히 소개합니다.

> 22일 ○○ IT 세미나에 다녀왔습니다. ○○에서 정기적으로 개최하는 세미나입니다. 이번에는 특히 뛰어난 연사가 참가했습니다.

이를 얼마든지 더 늘릴 수도 있습니다. 앞의 간단한 소개를 보충하는 중요 내용을 써서 보고 취지에 대한 이해를 돕는 것입니다.

> 22일 ○○ IT 세미나에 다녀왔습니다. ○○에서 정기적으로 개최하는 세미나입니다. 이번에는 특히 뛰어난 연사가 참가했습니다. 특히 미래학 부분에서 내용이 알찼습니다. 최첨단 기술을 활용한 제품이 많았습니다. (……)

보고에는 반드시 보고의 목적이 자동적으로 포함됩니다. 따라서 이를 정리하면 다음과 같습니다.

Point 현황 보고서의 구조

1. 보고 배경이나 목적
2. 보고 내용
3. 보고자 의견

물론 여기에서 때에 따라 특정 항목이 생략될 수도 있습니다. 예를 들어 보고자의 의견 없이 단순히 사실만 전할 수도 있는 겁니다.

문제 해결(추진·검토) 보고서 – 논리적 이해부터

드라마 「미생」을 보면 신입사원 안영이가 보고서를 작성하느라 골치를 앓는 장면이 나옵니다. 다음과 같은 과제를 받았다면 안영이는 어떻게 할까요. '현재 시행 중인 우리 회사의 사업 하나를 선택한 후 개선안을 마련하시오.'

그냥 개선책만 제시하는 것은 아마추어의 방식입니다. 일단 **현재 상황을 기술**해야 합니다. 즉 특정 프로젝트를 선택한 후 내용을 소개하고, 문제점을 분석해서 제시해야 합니다. 그런 다음 **개선점을 도출**하고, **대안**이 될 수 있는 아이디어를 내야 합니다. 이런 분석 과정이 생략되면 알차고 논리적인 보고서라 할 수 없습니다.

추진·검토 보고서는 직장인이 많이 쓰는 유형의 보고서입니다. 말 그대로 특정 내용을 추진하겠다거나, 검토해 달라는 내용입니다. 검토는 상사에게 뭔가를 봐 달라는 말입니다. 즉, 안건에 대한 허가나 승인을 전제로 합니다. 쉽게 말해 안건이 있으니 검토해 달라고 하는 것입니다. 안건, 즉 안을 세우고 검토해 달라는 말에는 어떤 현상이나 문제점이 존재한다는 전제가 깔려있습니다. 뭔가가 있으니 안을 세운 것입니다.

같은 내용을 앞서 기안 부분에서도 말씀 드렸습니다. 즉, 기안문과 추진·검토 보고서의 차이는 작성 시점만 다를 뿐 작성 프로세스가 거의 똑같습니다. 초안이냐 체계적인 안이냐의 차이입니다. 기안문에 쓴 내용을 이후 보다 자세히 보고하는 문서가 검토 보고서입니다. 만일 안영이가 "팀장님, 기안입니다"라고 보고한다면, 팀장은 "그래 추진해 봐. 다음 주까지 보고서 올려"라고 말할 겁니다. 이때 쓰는 게 추진·검토 보고서입니다. 이 추진·검토 보고서는 현황 보고서와 구조가 다릅니다. 추진을 왜 할까요? 무언가를 '더 좋게' 만들기 위해서입니다. 미흡한 무엇이 기존에 존재한다는 의미입니다. 실태 보고 역시 문제적인 상황이 존재한다는 전제 하에 이뤄집니다. 이를 정리하면 다음과 같습니다.

Point **추진·검토 보고서의 구조①**

1. 현 상황
2. 문제점
3. 개선안

예를 들어 보지요. 지난 2015년 전염병 메르스 사태로 온 나라가 시끄러웠습니다. 메르스가 발생했다는 사실만 단순히 보고하면 현황 보고서가 됩니다. 그런데 병이 급속히 확산될 경우, 상황이나 실태 보고서를 작성해야 합니다. 이때는 다른 항목이 필요합니다. **문제점과 개선안**입니다. 정부에서 전염병을 막기 위해 어떤 안을 추진하기로 했다고 칩시다. 예를 들어 전염병 환자가 발생한 병원을 긴급 폐쇄해야 한다는 내용이라고 하지요. 그렇다면 '메르스 사태 대처 방안'이란 추진 보고서가 됩니다. 구조적으로 보면 앞의 3단계에서 더 확장된 형태가 될 수 있습니다. 왜 이 보고를 하는가에 대한 목적과 배경이 똑같이 따라붙기 때문입니다.

Point **추진·검토 보고서의 구조②**

1. 추진 배경
2. 현황과 문제점
3. 추진 내용
4. 추진 방법
5. 기대 효과

문서를 많이 작성하는 공무원들은 '보고서' 하면 자동적으로 추진 배경, 현황, 문제점 따위의 항목이 떠오를 겁니다. 맞습니다. 그러나 단순히 항목을 나열하는 데 그쳐서는 곤란합니다. 구조를 논리적으로 이해해야 합니다. 직장에서 처리해야 하는 사안은 그 성격이 천차만별입니다. 보고서의 기본 논리를 알고 접근해야 개별 사안에 적절히 대응할 수 있습니다. 즉, 특정 항목이 보고서에 왜 들어가는지를 알아야 어떤 보고서라도 설득력 있게 쓸 수 있다는 뜻입니다. 직원과 사장의 대화를 예로 듭니다.

직원 : 사무실을 리모델링 해야겠습니다.
사장 : 그걸 왜 해야 합니까?
직원 : 사무실이 좁고 낡아서입니다.
사장 : 사무실이 좁고 낡아서 어떤데요?
직원 : 직원 숫자가 늘어나서 사무용품을 둘 공간이 부족합니다. 탕비실 싱크대의 물이 잘 안 나옵니다. 보일러도 자주 고장 나서 겨울철에 춥습니다.
사장 : 비용이 얼마인데요?
직원 : 2천만 원쯤 듭니다.

여러 회사에서 흔히 오갈 수 있는 대화입니다. 그런데 대화 끝에 사장이 이런 말을 했다고 가정하면 어떨까요.

"알았으니, 사무실 리모델링 보고서를 제출하세요."

직원은 보고서를 써야 합니다. 이때 쓰는 보고서가 바로 문제 해결 보고서입니다. 일종의 검토 보고서겠지요. 간단히 서술하면 다음과 같은 내용이 될 겁니다.

1. 추진 배경 : 사무실이 좁고 낡아서
2. 현황 : 직원 100명에 사무실이 50평
3. 문제점 : 사무용품을 둘 공간이 없다. 탕비실 싱크대 물이 잘 안 나온다. 겨울철에 춥다.
4. 대안 : 미사용 공간을 트는 리모델링
5. 추진방법 : 비용 2천만 원, 기간 일주일

여기에 살을 붙이는 과정이 보고서 쓰기입니다. 이런 식으로 사고하면 어떤 보고서든 어렵지 않게 작성할 수 있습니다.

기획서 – 5단계 설계 구조

모든 회사는 직장인에게 각자 맡은 업무를 혁신적으로 처리할 것을 요구합니다. 강도만 다를 뿐이지 똑같습니다. 혁신은 기획에서 나옵니다. 현상을 개선하기 위한 방법 찾기입니다. 직장인은 기획을 매우 어렵게 여깁니다. 하지만 꼭 그렇지는 않습니다. 생각하기 나름입니다. 기획이란 단어에서는 왠지 무게감이 느껴집니다. 정책 기획, 선거 기획, 새로운 서비스(혹은 상품) 기획처럼 중대한 일에 쓰이는 단어로 보이기 때문입니다. 그러한 선입견부터 버리십시오. 기획은 우리 일상에서 흔히 만나는, 보편적이고 일상적인 일입니다. 식당 메뉴판이 한 예입니다. 메뉴판은 주인의 창의적인 아이디어가 들어 있는 '기획'입니다. 어떤 음식을 팔 것인지, 가격은 얼마로 할 것이지, 어떤 손님에게 팔 것인지 하는 고민의 결과물이기 때문입니다.

보다 실감나게 설명하기 위해 이탈리아의 석학 움베르토 에코(1932~2016) 이야기를 하겠습니다. 에코는 중세 수도원을 배경으로 한 추리소설 『장미의 이름』을 쓴 작가이자 철학자, 역사학자, 미학자, 기호학자입니다. 그가 한번은 재미있는 기획을 시도했습니다. 에코는 어느 날 프랑스 루브르박물관으로부터 제안 하나를 받습니다. 하나의 주제를 정한 뒤, 그것을 중심으로 전시회를 열어 달라는 내용이었습니다. 이때 에코가 내놓은 아이디어는 '목록 전시회'였습니다. 목록을 전시한다? 선뜻 이해하기 어렵습니다. 그가 말한 '목록'은 무엇일까요? 쉽게 설명하기 위해 성경 마태복음 1장의 유명한 대목을 예로 듭니다.

> '아브라함이 이삭을 낳고, 이삭은 야곱을 낳고, 야곱은 유다와 그의 형제를 낳고 (……)'

기독교에서 중요한 사람들의 이름 '목록'입니다. 또 다른 예를 볼까요? 그리스 시인 호메로스는 대서사시 『일리아드』에서 트로이를 침공한 그리스 군대의 어마어마한 규모를 묘사하기 위해 각 함선과 선장의 이름을 일일이 썼는데, 그 분량이 자그마치 350행에 달합니다. 배와 선장의 이름 목록만으로도 눈길을 끌 만한 전시품이 된 겁니다. 우리 생활과 보다 가까운 예를 들겠습니다. 전화번호부는 어떻습니까? 종이로 만든 전화번호부는 최근엔 거의 사라져, 요즘 어린이들에게는 신기한 유물이 됐습니다. 그러니 전시 가치가 있겠지요. 식당 차림표는 또 어떨까요. 훌륭한 '작품'입니다. 세계 각국의 식당 메뉴판을 모아서 전시한다고 해 보세요. 재미있을 겁니다. 움베르토 에코는 그런 이색 목록들을 전시하자고 제안한 겁니다. 어디에? 루브르 박물관에요! 전시회는 화제 속에 열렸습니다. 바로 이것이 기획입니다. 기획서는 기획을 문서로 나타낸, 일종의 설계도입니다. 다음과 같은 물음에 답하는 것이 곧 **기획서 작성법의 핵심**입니다.

Point 기획서 작성을 위한 핵심 질문

내가 왜 이 기획을 하는가(기획 목적-Why)
현재 상황은 어떤가(현황 분석-Analysis)
내가 할 기획의 내용은 무엇인가(기획 내용-What)
어떤 방법으로 이룰 것인가(추진 방법-How)
그래서 얻는 이점은 무엇인가(기대 효과-Effect)

소설이나 시가 문학적 글쓰기의 백미라면, 업무용 글쓰기의 최고봉은 기획서입니다. 소설이나 시를 쓰는 일은 어렵지요. 실용 글쓰기에서는 기획서가 그렇습니다. 기획서는 '이 기획을 하면 참 좋으니 한번 해 보면 좋겠습니다'는 의지의 표현입니다. 따라서 기획의 **내용**을 설명해야 하고, 기획의 **목적**과 **현재 상황**, **추진 방법**과 **기대 효과**에 대해 서술해야 합니다. 기획서에서 가장 어려운 항목은 바로 맨 처음 나오는 기획 의도입니다. **기획 의도는 '왜 이 기획을 해야 하는가?'라는 질문에 대**

한 답입니다. 그렇다면 기획 의도를 쓴 문장은 **'~위해서'**와 같이 구성됩니다. '왜 필요한가?'에 대해 '이래서 필요하다'고 서술하는 방식인 것입니다. 따라서 **기획 의도**는 다음과 같이 표현됩니다.

Point **기획 의도 표현**

~통하여 ~을 제공한다.
~함으로써 ~을 달성한다.
~하여 ~을 제고한다.

예를 들어 「볼쇼이 아이스쇼」 공연을 유치하기 위해 기획서를 쓴다고 하지요. 이 공연은 한여름 시원한 빙판에서 세계 최정상의 스케이터들이 펼치는 환상적인 아이스 발레로, 명성과 인기가 높습니다. A라는 회사에 고객 초청 사은 행사로 해당 공연을 제안한다면 기획 의도에는 다음 문구가 나올 것입니다.

1. 수준 높은 공연 프로그램을 통해 고객 만족 서비스를 제공한다.
2. 문화 발전에 기여하는 회사로서의 브랜드 이미지를 제고한다.

현황 분석은 말 그대로 현재 상황을 분석하는 항목입니다. 말하자면 시장 분석인 셈이지요. 마케팅 용어 가운데 **'3C 분석'**이라는 말이 있습니다. **'고객**Customer, **자사**Company, **경쟁사**Competitor**'를 분석해 시장을 분**

석한다는 의미입니다. 자사Company는 자기 회사의 제품이나 서비스입니다. 경쟁사Competitor는 경쟁 회사의 제품이나 서비스입니다.

추진 전략은 **마케팅, 광고, 홍보 전략**으로 세분화됩니다. 마케팅 전략은 티켓 판매와 협찬사 유치, 팸플릿 광고 유치, 부대사업 유치 등에 필요합니다. 광고와 홍보는 말 그대로 공연을 잠재 고객에게 알리기 위한 수단입니다.

기대 효과는 기획의 목적을 구체적으로 표현한 것입니다. 기획을 통해 무엇을 얻을지 구체적으로, 특히 수치화해서 보여주는 쪽이 유리합니다. 예를 들어 보겠습니다. 여름철에는 절전이 화두입니다. 정부 부처마다 절전 캠페인 아이디어를 내는 데 부심하고 있습니다. 상사가 절전 관련 보고서를 쓰도록 지시했습니다. 이때 써야 하는 문서 역시 기획서에 해당합니다. 절전 아이디어를 바탕으로 실제 활용 가능한 기획을 설계해야 하기 때문입니다. 이 보고서의 핵심은 절전 아이디어겠지요. 보고서를 작성하는 당사자의 고민은 바로 여기에 있습니다. 보고서의 알맹이인 아이디어를 생각해 내는 일이 좀처럼 쉽지 않습니다. 이를 위해서는 국내외 사례를 참고해야 합니다. 정부, 기업, 기타 민간 부문의 기존 에너지 절감 사례 분석도 필요합니다.

일본에서 실행 중인 에너지 절감 아이디어 중 하나는 '스마트 계량기'입니다. 아파트 거실 벽에 계량기를 달아 실시간으로 전력 사용량을 보여주는 것이지요. 마치 주유소의 계량기처럼 숫자의 변동을 통해 전력 소비량을 확인할 수 있습니다. 전기 제품을 많이 쓰는 호텔이나 식당 주방에서도 이 계량기를 확인할 수 있습니다. 일본에서는 건물의 전기 쓰임새를 관리하는 절전 서비스 회사까지 등장했습니다. 건물 청소나 인력관리를 대행하는 일종의 아웃소싱 회사입니다. 이 회사는 전체 건물의 전력 사용을 통제해 절전을 유도합니다. 이러한 사례를 분석해 주요 내용으로 삼아, '안案'을 내는 것입니다. **대안을 서술**한 후 넣어야 할 항목은 **추진 방법**이나 **전략**입니다. 모든 정책 제안에는 **상세한 구현 과정과 전략 지침**이 있어야 합니다. 보고서 마지막에는 절전으로 **기대되는 예측 수치**나 **수반되는 효과**를 넣으면 됩니다.

1. 추진 배경 : 정부의 에너지 절약 시책
2. 실태 조사 : 국내외 사례, 기업 민간 부문 에너지 절감 자료
3. 제안 내용 : 한국형 '스마트 계량기' 설치
4. 방법(전략) : 신규 아파트마다 순차적 도입
5. 기대 효과 : 연간 전력 10% 절감

만약 글쓰기가
고작 나 자신을 표현하는 행위라고 생각했다면
나는 타자기를 내다버렸을 것이다.
글을 쓴다는 것은
그보다 훨씬 더 복잡한 행위다.
작가는 마치 운동선수처럼 매일매일 '훈련'해야 한다.
좋은 '상태'를 유지하기 위해
나는 오늘 무엇을 했던가?

◆

수전 손택(미국의 비평가)

IV

글쓰기 훈련 4단계 :

글 잘 쓰는 어른에겐 특별한 습관이 있다

인생의 모든 것은 글로 옮길 수 있다.
그것을 쓸 만한 외향적인 용기와 즉석에서 쓸 수 있는 상상력만 있다면.
창조력의 가장 큰 적은 자기불신이다.

— 실비아 플라스(미국의 시인이자 소설가)

6장

글을 잘 쓰기 위한 8가지 습관

평소의 습관이 글 근육을 만든다.
사소하지만 특별한, 일상적 훈련은
글 잘 쓰는 사람으로 거듭나는 비결이다.

요약 – 신문 사설, 칼럼 요약하기

일부 공공기관에서는 보고서 쓰기로 승진시험을 대신합니다. 여러 자료를 제시한 뒤 보고서를 내라고 합니다. 자료를 요약한 뒤 문제점을 파악하고 개선점이나 대안을 내도록 하는 겁니다. 이를 통과하기 위해서는 세련된 글쓰기 능력, 요약 능력, 기획 능력이 필요합니다.

요약 능력은 글을 잘 쓰기 위해 필수적으로 지녀야 하는 기본 자질입니다. 따지고 보면 대부분의 글쓰기에서 요약 능력이 요구됩니다. 일기는 하루 일과의 요약입니다. 서평에는 책 줄거리 요약이 포함됩니다. 업무용 글도 마찬가지입니다. 회의록은 회의 내용의 요약입니다. 주간 업무 보고서는 일주일 업무를 간추려야 합니다. 그밖에도 모든 보고서에는 자료를 취합해 요약한 내용이 필요합니다. 이처럼 요약이 중요하지만, 우리는 학교에서 요약 훈련을 많이 하지 않았습니다. 그래서 요약 실력이 약한 사람이 적지 않습니다.

요약은 요지를 중심으로 글을 재구성한다는 점에서 매우 유익한 글쓰기 방법입니다. 핵심 파악과 내용 축약, 글쓰기 훈련이 동시에 이뤄지기 때문입니다. 요약 결과물 하나만 봐도 그 사람의 글쓰기 수준을 알 수 있습니다. 글을 새로 짓는 것도 아니고 있는 내용을 줄인다고 하니 쉽게 들리지만 결코 그렇지 않습니다. 실제로 요약은 까다롭습니다. 자가진단을 한번 해 볼까요. 다음 내용을 2행으로 요약해 보십시오.

> 최근 중국 신장 위구르 자치구의 투루판에서 열린 하미과哈密瓜(멜론의 일종) 경매에서 최고급 품종이 30만 위안(약 5,320만 원)에 낙찰됐다. 이 과일은 성분 조사에서 보통의 하미과보다 높은 당도를 기록해 엄청난 낙찰가를 기록했다. 일반적으로 멜론의 당도는 약 15도이며, 하미과는 최고 18도 정도인데 반해 이번 경매에서 최고가에 낙찰된 하미과의 당도는 무려 20.2도에 달하는 것으로 알려졌다.[27]

어떤 이들은 이 글을 다음처럼 줄입니다.

◆ 최근 중국 신장 위구르 자치구의 투루판에서 열린 경매에서 매우 높은 당도를 기록한 하미과가 30만 위안에 낙찰되었다.

27 「대체 무슨 맛? … 1개 5320만 원짜리 과일」, 《서울신문》, 2010년 6월 28일자

그러나 이는 잘못됐습니다. 일단 지명에 관한 정보가 전체 문장에 비해 상대적으로 많습니다. 또한 낙찰 가격이 위안화로 표기돼 즉각적으로 다가오지 않습니다. 마찬가지로 하미과라는, 잘 알려지지 않은 과일 이름이 배경 설명 없이 등장했습니다. 결정적으로는 '주어'가 틀렸습니다. 이는 다음과 같이 고칠 수 있습니다.

⋯› 최근 중국 신장에서 메론의 일종인 '하미과' 최고 품종이 높은 당도를 기록해 약 5,320만 원에 낙찰되었다.

요약은 중요한 내용을 남기는 행위입니다. 원본 없이도 내용을 알 수 있어야 합니다.

영국 셰필드 대학 폴 크로서 교수가 이끄는 천체물리학 연구진은 허블 우주망원경이 내놓은 데이터를 분석해 역대 우주에서 발견된 것 중 가장 밝은 별을 포착했다. 엄청난 빛과 에너지를 쏟아내 '괴물별'이라는 별명을 갖게 된 별의 공식 명칭은 R136a1. 지구로부터 16만 5000광년 떨어져 있으며 타란툴라 성운Tarantula Nebula 가운데 존재한다. 이 별은 태양보다 무려 1000배나 더 밝다.[28]

이 글을 요약한 한 사례입니다.

---

28 「태양보다 1000만 배 더 밝은 '괴물별' 발견」, 《서울신문》, 2010년 7월 22일자

◆ 영국의 한 천체물리학 연구진은 천체 관측 사상 가장 밝은 별을 발견했다. 이 별의 공식 명칭은 R136a1이며, 엄청난 빛과 에너지를 쏟아내 '괴물별'이라는 별명으로 불린다.

이보다는 문제의 별의 밝기가 '태양의 1000배'라는 구체적인 수치를 넣은 답이 더 좋습니다.

…› 영국의 한 천체물리학 연구진은 천체 관측 사상 가장 밝은 별(명칭 R136a1)을 발견했다. 이 별은 태양보다 1000배가 밝아 '괴물별'로 불린다.

요약의 관건은 글이 무엇을 다루고 있는지, 무엇을 말하고 있는지 먼저 파악하는 일입니다. 즉 **용건을 제대로 파악하는 것**입니다. 그러지 않으면 요약 자체가 완전히 틀릴 수 있습니다. 요약의 방법으로는 우선 절반을 줄이고, 또 절반을 줄이는 **'1/2 감속법'**을 권합니다. 그 과정에서 쭉정이는 다 떨어져 나가고 최후의 한 문장이 남습니다. 마지막까지 살아남은 만큼 매우 중요하겠지요. 이것이 앞서 나온 **'핵심 문장'**입니다.

요약 훈련을 위해선 어떤 글을 택하면 좋을까요? 글은 논리적인 글과 이야기 형식의 글, 두 종류가 있습니다. 사설과 칼럼이 전자라면, 소설과 에세이는 후자입니다. 둘 다 필요합니다. 다만 직장인이라면 논리 훈련이 보다 중요하기 때문에 사설이나 칼럼을 요약하는 게 좋습니다.

그것을 한 단락, 혹은 한 문장으로 요약하는 훈련을 통해 문서 작성 능력을 높일 수 있습니다.

필사 – 좋은 글 베껴 쓰기

글을 잘 쓰는 사람들에겐 공통된 경험이 하나 있습니다. 한번쯤 베껴 쓰기를 연습했다는 점입니다. 좋은 글을 읽고 익히는 일은 학문의 기본입니다. 글을 읽는 데서 나아가 책의 내용을 베껴 적는 일은 초서抄書라 해서, 우리 선조들도 많이 했던 훈련입니다. 그런데 대체 무엇을 베껴야 할까요? 글을 잘 쓰고 싶다는 갈증이 커질 때, 참고할 만한 좋은 글을 찾고 싶다는 목마름도 더불어 옵니다. 좋은 책을 읽고 싶어도 좋은 책을 찾는 일부터가 어렵기도 합니다. '무엇을 베껴야 하는가'라는 물음에 답하기 전에 베껴 쓰기에 대한 기본적인 의문부터 풉시다. 종종 이런 질문을 받습니다. **'베껴 쓰기는 손으로 써야 하는가, 타자로 쳐야 하는가?'** 일단 전자가 좋습니다. 우리 뇌는 몸이 경험한 것을 더 잘 기억합니다.

베껴 쓰기는 어떤 이점이 있을까요? 적어도 세 가지가 있습니다. 첫 번째는 문장의 구조를 익힐 수 있다는 점, 두 번째는 문장을 닮을 수 있다는 점, 세 번째는 뜻을 음미하면서 생각의 힘을 기를 수 있다는 점입니다. 그러다 베껴 쓴 글과 비슷한 형태의 글을 구사할 수 있게 됩니다. **따라서 본인이 어떤 글을 추구하는가를 먼저 따져 본 뒤, 베껴 쓸 글을 택해야 합니다.**

우리가 반하는 글에는 여러 종류가 있습니다. 아름답고 멋진 표현, 감동이 밀려와 눈시울이 뜨거워지는 문장, 웃음 나도록 재미있게 쓴 글 따위입니다. 기발한 상상력과 독특한 창의력으로 무장된 글도 있지요. 그 가운데 닮고 싶은 글을 베끼면 됩니다. 그러나 앞서 말했다시피 베껴 쓸 만큼 좋은 글을 찾는 게 사실 쉽지 않습니다. 글을 읽는 일은 사람을 만나는 일과 같아서, 보는 눈에 따라 다르게 느껴집니다. 가슴에 와 닿는 문장을 만나기란 누군가에게 첫 눈에 반하는 일처럼 어렵습니다. 그래도 낙담하지 않고 열심히 찾으면, 베껴 쓰고 싶을 만큼 좋은 글을 발견할 수 있겠지요. 다음 글처럼 말입니다. 배한봉 시인의 시 「복사꽃 아래 천년」입니다. 김소월의 시처럼 누구나 가슴에 간직하고픈, 한 장의 꽃잎 같은 시입니다. 사랑하는 사람에게 편지를 쓸 때 베껴 쓰기 좋은 문장입니다.

봄날 꽃나무에 기댄 파란 하늘이 소금쟁이 지나간 자리처럼 파문지고 있었다. 채울수록 가득 비는 꽃 지는 나무 아래의 허공. 손가락으로 울컥거리는 목을 누르며, 나는 한 우주가 가만가만 숨 쉬는 것을 바라보았다.

— 배한봉, 「복사꽃 아래 천년」

논리 훈련에 중점을 두면 다음과 같은 글이 좋습니다.

반성의 역설
잘못을 저지르면 응당 벌을 받아야 한다. 그것이 상식이다. 그러나 누구나 벌은 받고 싶지 않을 것이다. 반성을 하면 벌이 경감된다. 잘못을 뉘우치면 덜 혼난다는 학습 효과 때문이다. 따라서 문제를 자주 일으키는 사람일수록 반성에 능하다. 결국 반성은 벌을 피하기 위한 수단이 된다. 그렇다면 어쩌다 잘못을 저지르는 경우는 어떨까. 만약 억지로 반성을 강요하면 역효과가 날 수 있다. 진정한 반성은 자기 내면을 들여다본 후 후회와 뉘우침으로부터 나온다. 따라서 반성을 강요하면 진짜 반성할 기회를 잃게 하는 셈이다.

— <글쓰기 훈련소> 카페에 게시된 글

인문학적 글을 쓰고 싶은 사람은 다음과 같은 글을 주목할 것입니다. 식물 이야기인데 장엄합니다.

식물이 살아남는 방법은 칼 삼키기 묘기와 비슷하다. 준비를 단단히 하고 날카로운 날에 베지 않기 위해 섬세하게 주의를 기울여야 한다.

식물의 생리 구조로는 쌀쌀한 온도까지만 버틸 수 있다. 날씨가 추워지고 내부가 결빙에 이르면 문제가 달라진다. 얼음 결정은 점점 커지면서 식물 세포의 섬세한 내부 조직을 뚫고 찢고 부순다.

식물은 첫 결빙 몇 주 전에 준비를 시작한다. DNA를 비롯한 연약한 조직을 세포 한가운데로 옮긴 다음 완충제로 감싼다. 세포는 지방질로 바뀌며, 저온에서도 굳지 않도록 지방의 화학 결합을 바꾼다. 변형된 세포는 두툼하고 푹신푹신해진 덕에 얼음의 폭력을 흡수한다. 식물은 매해 겨울마다 수만 개의 칼을 삼키지만, 그 중 하나도 여린 심장에 닿지 않도록 하는 것이다.

— 데이비드 조지 해스컬, 『숲에서 우주를 보다』

업무용 글쓰기에 참고하기 위해서는 어떤 글이 좋을까요? 사실 모범으로 삼을만한 글이 극히 드뭅니다. 공무원의 경우에는 더하지요. 이럴 때는 기존에 공개된 보고서의 구성과 표현을 참고해 볼 수 있을 겁니다. 보고서의 추진 목적 따위를 베껴 써 보는 것이지요. 어떤 회사에서 글쓰기 교육을 계획한다고 합시다. 추진 목적은 다음과 같을 겁니다.

1. 문서 작성의 고급 기술을 배움으로써 업무 효율성 제고
2. 자기 계발 및 복지 증진 차원에서 직원들의 만족감 향상
3. 핵심 역량 향상을 통해 궁극적으로 회사의 발전에 이바지

기존의 문장을 참고해, '왜 내가 이 계획을 추진하는가'에 대한 이유

를 자신의 보고서에 쓰면 됩니다. 당신이 상품이나 서비스를 기획해 소개하는 글을 써야 할 경우, 다음 글이 훈련에 도움이 될 겁니다. 한 출판사가 자사의 시리즈 도서를 소개한 글입니다.

> 누구나 자신의 삶에 결정적인 영향을 미치는 책을 만나는 순간이 있습니다. 그 책은 순수한 영혼을 지닌 어린 세대에겐 세상의 눈을 뜨게 하고, 눈부시게 성장하는 젊은 세대에겐 삶의 비밀을 엿보게 합니다. 또한 고단하고 무기력한 일상을 꾸려가는 성인에겐 마음을 위로하고 정신을 각성할 기회를 마련해 줍니다. 세대와 시대를 초월하여 평생을 동반하는 '내 인생의 책'이 될 고전을 엄선하여 펴 냅니다.
>
> —『클래식 보물창고』 시리즈 소개글, 보물창고

공연, 전시 안내 팸플릿에서도 기획 의도 작성에 도움이 될 만한 글을 찾을 수 있습니다. 팸플릿은 공연이나 전시 기획 의도를 효과적으로 전하기 위한 글이기 때문입니다. 서울특별시와 간송미술문화재단이 개최한 「간송문화전 : 문화로 나라를 지키다」를 소개하는 글입니다.

> 간송이 모은 우리 민족문화재의 우수성과 아름다움을 보여 줌으로써 외국인들에게 우리 민족문화재의 높은 수준을 알리고, 우리 국민의 문화적 자긍심을 일깨운다.[29]

---

29 간송미술문화재단 홈페이지

언론 기사나 기업, 관공서 홈페이지에는 특정 프로젝트나 서비스, 사업을 소개하는 글이 있습니다. 이를 참고하면 좋습니다. 그 내용이 자신이 쓰려는 글과 다르다 하더라도, 기존에 작성된 기획서를 참고하면 업무용 글쓰기의 고급 기술을 익힐 수 있습니다.

어휘 공부 – 풍부한 단어 익히기

글을 쓸 때 마땅한 어휘가 떠오르지 않아서 고민한 적이 있을 겁니다. 모든 글쟁이가 그런 경험을 합니다. 흔히 '글을 많이 쓰다 보면 적절한 어휘가 때 맞춰 떠오르겠지' 여깁니다. 그러나 어휘도 공부해야 합니다. 익히면서 정복하는 것입니다. 우물 속에 잠긴 예쁜 조약돌 같은 언어를, 힘을 들여 두레박으로 길어 올리듯이 말입니다. 고급 어휘를 얼마나 풍부하게 쓰느냐가 곧 글의 수준을 나타낸다는 말도 있습니다. 다음과 같은 준첩어는 어떤가요. 리듬감이 있어서 소리 내어 읽으면 참 재미있지요.

올록볼록 들쑥날쑥 어금버금 올망졸망 우락부락 옹기종기 옴죽암죽

불그락푸르락 얼기설기 혼전만전 싱숭생숭 울긋불긋 어슷비슷 아기자기 들락날락 싱글벙글 엎치락뒤치락 님비곰비 두금잔세근반 어라리꼴라리 아리랑스리랑 홍뚤항뚱 알뜰살뜰 옥신각신 오돌도돌 우둘두둘 애결복걸 우물쭈물 아득바득 아둥바둥 천방지방 괴발개발 따따부따 오물딱조물딱 알콩달콩 비쭉배쭉 비실배실 비틀배틀 달콤새콤매콤[30]

다시 강조하겠습니다. 공부해야 어휘가 풍부해집니다. 저절로 늘지 않습니다. 작가들이 잘 쓰는 단어가 있습니다. 이들은 '세밀細密하다'라는 단어보다 '조밀稠密하다'나 '엄밀嚴密하다', '정묘精妙하다' 같은 말을 즐깁니다. '성질이나 행동이 못됐다'는 말 대신 '비루하다(너절하고 더럽다)'나 '부박하다(천박하고 경솔하다)' 같은 형용사를 씁니다. 어휘 공부의 흔적이 드러나는 예문을 만들어 보겠습니다.

참으로 부박한 세상이다. 아무리 선비 정신이 사라졌다 한들, 잘못된 권력 앞에 허리를 굽히는 비루한 삶을 살아서야 되겠는가.

한글의 아름다움이 섬세하게 나타난 책을 읽는 것도 어휘 공부의 한 방법이 될 수 있습니다. '눈부처'에 관한 글입니다.

사전에서 성불成佛이라는 말을 찾아보면 '죽어서 부처가 됨'이라고 풀

---

30 이상국, 「춘첩어의 아름다움」, 《아시아경제》, 2014년 10월 18일자

이돼 있다. 그러나 죽지 않고 살아서도 부처가 될 수 있는 방법이 있다. 간단하다. 사랑하는 사람을 앞에 앉혀 놓고 눈동자를 들여다보면 된다. 거기 나타나는 자기의 모습, 그것이 바로 부처인 것이다. 이렇게 눈동자에 비쳐 나타나는 사람의 형상을 눈부처 또는 동자瞳子에 나타난다고 해서 동자부처라고 한다. 눈은 마음의 창이라고 했으니, 사랑하는 사람의 마음의 창에 자기 자신을 비추어 보는 순간, 그때의 그 오롯한 마음이 어찌 부처의 마음과 다를 것인가.

— 장승욱, 『도사리와 말모이, 우리말의 모든 것』

연인의 눈에 비친 사랑스런 상대의 얼굴이 눈부처라는 말이 공감 가지요. '손톱달'이라는 단어는 또 어떤가요. 참 멋진 단어입니다. 이 단어를 다음처럼 풀이할 수도 있습니다.

초승달이나 그믐달과 같은 손톱 모양의 달. 예로부터 달은 사람들에게 무척 가까운 거리에 있어서 마치 '손으로 잡을 수 있는 존재'로 인식되었던 것 같다. 실제로도 달은 지구와 가장 가까운 거리에 있는 천체이다. 그래서일까. 방 안에서 창문으로 보면 달은 마당의 나뭇가지에 걸려 있는 것처럼 보이기도 한다. 연못에 비친 달을 훔치려다 물에 빠져 죽었다는 중국의 어느 시인에 대한 일화도 있다. 서양의 동화 중에 달을 갖고 싶어 하는 공주에게 손톱만 한 브로치를 만들어주었다는 이야기는 달에 손톱달이라는 이름을 붙이게 된 이유를 단적으로 보여준다.

— 박남일, 『우리말 풀이 사전』

이번에는 보고서에 자주 나타나는 어휘를 모아 봤습니다. 이 용어의 뜻을 사전에서 찾아본 후 익히면 좋겠지요. 보고서의 단골 단어로는 **제고, 향상, 필요, 대응, 수립, 시행** 등이 있습니다. 예를 들어 '필요'란 단어는 '능동적 대응 필요', '체계적 대비 필요', '지속 확대 필요, '운영 필요' 같은 식으로 활용됩니다. 2개 단어로 구성된 단골 용어는 **방안 수립, 달성 목표, 지속 개발, 근본 대처, 산업 육성, 기술 혁신, 비전 수립, 성과 창출 등**이 있습니다. 아래는 그밖에도 보고서에서 자주 쓰는 용어 모음입니다. 이 목록만 익혀 두면 보고서를 쓰다가 적절한 표현을 몰라 막히는 일은 없을 겁니다.

- 물 관리 효율화
- 기후변화 대응
- 제약요인 해소
- 현장 기능 약화
- 통합관리 법제 미비
- 이원화 고착
- 걸림돌로 작용
- 신 성장 동력
- 인프라 구축
- 안정성 위협
- 건강 복지 실현에 한계

- 선제적 대응
- 공공부문 개혁
- 성장 동력 발굴
- 상시 기능점검
- 적극적인 정책 수립
- 최적화된 역량 집중
- 고도화 추진
- 가치체계 정립
- 시너지 창출
- 융·복합형 사업 추진
- 시스템 실현
- 부가가치 창출
- 기술 선도형 기업
- 글로벌 윤리경영 실현
- 역동적 조직 구현
- 업무 프로세스 혁신
- 전문인력 육성
- 문제 해결 추진
- 새 패러다임 제시
- 현대화 사업 연계
- 노후시설 안정화

- 인센티브 시행
- 기업 생태계 창출
- 최고 수준 경쟁력 확보
- 건강한 조직문화 정착
- 생산 기틀 마련

다작 - 설명문 작성 일상화

직장에서는 설명하는 글을 많이 씁니다. 설명의 가장 기본적인 형태는 사전의 단어 설명입니다. 사실 글을 잘 쓰는 이도 특정 단어의 뜻을 설명할 때 애를 먹습니다. 사전을 만든 사람은 그 어려운 수고를 다해 뜻풀이를 만들었으니 대단하지요. 단어 하나를 섬세하게 풀어 설명한 글에서 글쓰기의 또 다른 차원을 배웁니다. 예를 들어 **설명**이란 단어를 보지요. 설명을 무엇이라고 설명하겠습니까. 사전을 찾으면 다음과 같은 글이 나옵니다.

> 설명 : 어떤 일이나 대상의 내용을 상대편이 잘 알 수 있도록 밝혀 말함. 또는 그런 말

무에서 유를 창조한 것 같은 기분이 들지 않나요. 익숙한 신조어 중에 **'엣지 있다'**는 표현이 있습니다. 이 말도 설명하기가 참 까다롭습니다. 포털사이트의 풀이를 정리했습니다.

> 엣지는 영어 'edge'에서 나온 말입니다. 모서리나 (칼)날을 뜻합니다. '날카롭다, 뚜렷하다, 두드러지다'라는 의미입니다. 남과 다른 독특한 개성을 풍기는 모습을 표현할 때 쓰입니다.

사전은 글쓰기에 도움이 되는 훌륭한 교재입니다. 사전 찾기는 지식인으로서 학문을 대하는 첫 번째 지적 행위입니다. 버릇 들이면 좋지요. 사전은 또 우리에게 친숙한 단어의 낯선 유래나 뜻을 알려줘 신선한 충격을 주기도 합니다. 사발통문沙鉢通文이 그렇습니다. 사전적인 뜻은 다음과 같습니다.

> 사발통문 : 호소문이나 격문 따위를 쓸 때에 누가 주모자인가를 알지 못하도록 서명에 참여한 사람들의 이름을 사발 모양으로 둥글게 뻥 돌려 적은 통문.

사발은 사기로 만든 그릇입니다. 통문은 어떤 일이 생겼을 때 알리는 글을 말합니다. 이 두 단어가 합쳐진 사발통문에서는 비장함이 묻어납니다. 예컨대 1893년 동학운동 때 전봉준(1854~1895)을 비롯한 간부들이 봉기를 결의하면서 이 사발통문을 썼습니다. 누가 주모자인지 모르게 하기 위해서였죠. 생각해 보십시오. 얼마나 살 떨리는 상황이었겠습니까.

업무용 글쓰기를 잘하려면 다음과 같은 실용 용어를 설명하는 글을 많이 써봐야 합니다.

> 실용신안 특허 : 실용적인 고안에 대하여 독점적이며 배타적인 제작, 판매의 권리를 허가하는 일[31]

> 사회보장제도 : 실업과 질병, 재해에 의하여 수입이 중단되거나 퇴직과 가족의 사망에 의해 부양능력이 상실되었을 경우, 또는 출생·사망·결혼과 관련된 특별한 지출을 감당하기 위한 소득의 보장을 의미한다.[32]

정부는 국민의 고충을 처리하고 편익을 증진하기 위해 온라인에서 '국민 신문고'를 운영하고 있습니다. 이 정책에 대해선 어떻게 설명할 수 있을까요?

> 정부에 대한 모든 민원·제안·신고와 정책토론 등을 인터넷으로 간편하게 신청하고 처리하는 범정부 대표 온라인 소통 창구입니다.[33]

---

31 「네이버 국어사전」 홈페이지
32 건강보험심사평가원 홈페이지
33 국민신문고 홈페이지

상품이나 서비스를 설명하는 글도 숙련해야 합니다. 예를 들어 '햇빛 전구'는 대낮에도 빛이 잘 들어오지 않는 달동네 주민을 위한 아이디어 상품입니다. 다음과 같이 설명할 수 있을 겁니다.

> 이 제품은 1.5리터짜리 페트병으로 만든 등이다. 페트병에 물을 담아 천장을 뚫은 후 박아 넣으면 햇빛을 끌어들여 빛을 낸다. 약 55와트 전구만큼 불을 밝힌다. 전기 요금이 없고, 제작비용도 거의 들지 않는다. 수명은 5년이다.

정용진 신세계그룹 부회장은 이마트 구성원이 가져야 할 핵심 가치인 '이마트 Way'를 제시했습니다. 이마트의 철학을 '고객마인드, 브랜드 차별화, 디자인 싱킹'으로 정리한 겁니다. 이 가운데 '브랜드 차별화'에 대한 설명은 아래와 같습니다.

> 스토리가 있는 브랜드, 감동이 있는 브랜드, 사람의 마음과 영혼에 영감을 주는 브랜드를 지향합니다. 그리하여 이마트 제품에 대한 고객의 기대를 배반하지 않고 세대를 넘어 꾸준한 사랑과 존경을 받는 브랜드를 목표로 합니다.[34]

특정한 단어가 지닌 기본 뜻을 설명할 수 있게 된 후에는 그것이 지

---

34 이마트 홈페이지

니는 상징과 의미를 설명할 수 있어야 합니다. 다음은 원과 삼각형에 대한 설명입니다.

> 원은 통일성과 절대성, 신성함과 완전함을 의미한다. 마법에서 원은 악령이나 사탄을 막는 상징으로 쓰였다. 불교에서는 윤회나 환생을 의미한다. 삼각형은 기본적인 기하 형태에서는 역동성과 투쟁, 죽음, 그리고 희생정신을 의미한다.
>
> — 양용기, 『건축, 인문의 집을 짓다』

몰입 – 생각의 한계 뛰어넘기

글을 잘 쓰기 위해서는 생각의 한계를 뛰어넘는 사고 훈련을 틈틈이 해야 합니다. 육체의 힘이 근육에서 나오듯 생각 역시 '생각 근육'에서 나옵니다. 매일 팔굽혀펴기를 하듯, 생각하고 생각하고 또 생각해야 합니다. 어떻게 하면 생각에 몰입할 수 있을까요? 좋은 방법 가운데 하나는 스스로에게 질문을 던지고 이유를 찾는 것입니다. '라면은 왜 꼬불꼬불할까?' 예를 들어 이런 의문이 떠올랐다면 그 이유를 나름대로 찾아 보는 겁니다. 이에 대해 소설가 김중혁은 여러 이유를 찾아 제시합니다. 그는 먼저 꼬불꼬불한 면은 잘 부서지지 않는다는 점을 꼽습니다. 상품은 유통 과정에서 수차례 이동하며 부서질 수 있는 위험에 노출되는데, 면발이 직선이라면 잘 부서져 상품가치가 떨어질 수밖에 없다는 것입니다. 그가 찾아낸 또 하나의 이유는 '부피를 줄이기 위해서'입니다.

> 더 좁은 곳에 더 많은 양의 면을 압축시키기 위해서는 꼬불꼬불한 면이 필수적이다. 라면 한 가닥의 길이는 약 65센티미터이고, 라면 한 봉지에는 대략 75가닥의 면발이 들어간다. 라면의 총 면발 길이가 49미터에 달하니, 엄청난 압축인 셈이다.
>
> — 김중혁, 『메이드 인 공장』

이번에는 여러분 차례입니다. 라면의 면발이 왜 꼬불꼬불한지 이유를 떠올려 덧붙여 보십시오. 다음처럼 말입니다.

> 보기에 좋다(왠지 더 맛있을 것 같다). 식감이 좋다(꼬불꼬불한 면이 더 탄력이 있지 않을까). 먹는 재미가 있다(국수로는 콧등을 치기 힘들다).

그밖에도 다른 이유들을 여럿 찾을 수 있을 겁니다. 생각을 확장하는 좋은 훈련 가운데 하나는 사물의 장단점을 열거하는 연습입니다. 예를 들어 지갑의 장점은 무엇일까요. '돈을 넣어둘 수 있다, 신분증이나 영수증을 보관할 수 있다, 타인에게 내보이며 자랑을 할 수 있다'와 같은 평범한 내용이 먼저 떠오릅니다. 때로는 다음처럼 원래 용도를 넘어선 장점을 발휘할 수도 있습니다.

위급할 때 따귀를 때릴 수 있다. 건망증 지수의 척도다. 타인에게 호감을 살 수 있는 도구다.

직장인이라면 사물의 문제점을 파고드는 쪽이 좋습니다. 직장인은 문제를 파악하고 개선안을 만드는 게 중요한 업무이니까요. 앞에서 서술했듯 개선안은 문제점을 소거하는 데서 나옵니다. 지갑의 문제점을 열거해 봅시다.

여름에는 휴대가 불편하다. 잃어버릴까봐 걱정이 된다. 용량이 작다. 꺼낼 때 옷에 걸린다.

사고 훈련의 가장 기본적인 화두는 '엘리베이터에서 할 수 있는 일 떠올리기'입니다. 저는 이를 **'엘리베이터 싱킹**elevator thinking'이라고 부릅니다.

거울을 본다. 이빨에 뭐가 묻었는지 본다. 주름살을 문지른다. 새치를 뽑는다. 하하 웃어본다. 휴대폰을 본다. 천장이 어떻게 생겼는지 탐구한다. 버튼을 누르려다 만다. 엘리베이터가 갑자기 멈추는 상상을 한다.

관건은 생각의 한계를 뛰어넘는 일입니다. 특정 질문을 두고 세 가지, 다섯 가지, 열 가지, 스무 가지 답을 끈질기게 열거해 보세요. 한계를 넘는 사람이 한 줄이라도 더 잘 쓸 수 있는 실력자가 됩니다.

사용률이 계속 떨어지고 있는 동전을 없애려는 움직임이 최근 몇 년 새 관계 당국에서 나온다고 합니다. 동전의 장점은 무엇일까요? 다시 말해, 동전이 없어지면 어떤 일이 생길까요?

> 동전치기를 못한다. 불우이웃 돕기 창구가 줄어든다. 원을 그릴 때 힘들다.

계속 한계를 넘어 봅시다.

> **향수에 젖을 수 없다**(동전에 대한 어린 시절 추억을 떠올릴 기회가 사라진다). **저금을 못한다**(동전만 따로 저금통에 보관하는 가정이나 가게의 경우). **낭만이 사라진다**(동전 뒤집기로 행운을 시험하는 일이 없어진다).

몰입을 통해 새로운 생각을 떠올려 열거하는 일은 결코 쉽지 않습니다. 지칠 수도 있습니다. 그러나 한계를 뛰어넘어야 합니다. 그리하여 탄탄해진 생각 근육 안의 세포는, 필요한 순간에 반드시 핵분열을 일으킬 것입니다.

1일 1상 – 하루에 하나씩, 아이디어 기록

글쓰기에는 비밀이 하나 있습니다. 흔히 많이 읽고 많이 쓰면 글을 잘 쓸 수 있다고 여깁니다. 그렇지 않습니다. 프로페셔널한 작가라도 모두가 '히트'를 치는 건 아닌 것처럼 말입니다. **결국은 아이디어가 문제입니다.** 아무리 뛰어난 글쟁이라 해도 영감이 떠오르지 않으면 특별한 글을 쓸 수 없습니다. 글쓰기 실력이 상당히 늘어난다 해도, 그 다음 단계에서 아이디어라는 난관이 기다립니다. 아이디어가 떠오르지 않으면 글쓰기가 앞으로 나아갈 수 없습니다.

글쓰기가 어려운 이유 중 하나는 언제나 창의성이 요구되기 때문입니다. 글은 쓸 때마다 늘 새롭습니다. 외워서 쓰는 경우는 없습니다. 글쓰기는 음악이나 회화, 영화를 창작하는 것처럼 창조적인 작업입니다.

따라서 글을 잘 쓰려면 결국 글 쓰는 이가 창의적이어야 합니다. 아이디어가 샘솟는 사람이어야 합니다. 창의력은 글을 꾸준히 쓰는 과정에서 길러질 수도 있지만, 불행히도 꼭 그렇진 않습니다. 이는 '나이 든 작가가 젊은 작가보다 더 창의적이다'는 말이 성립하지 않는 데서 증명됩니다.

그렇다면 어떻게 해야 할까요? 글쓰기 훈련과 병행해 자신의 머리를 '아이디어 박스형'으로 바꾸는 연습을 해야 합니다. 기지, 지혜, 재치를 갖춘 '꾀돌이'가 되어야 글을 잘 쓸 수 있습니다. 이를 위한 방법을 알아보지요. 우리 안에는 창의성을 발현시킬 재료가 이미 많습니다. 뇌는 컴퓨터와 같습니다. 뇌의 기억 창고는 컴퓨터의 폴더에 해당합니다.

우리가 컴퓨터에 갖은 정보를 차곡차곡 쌓아두는 것처럼 뇌 역시 우리가 지금까지 들은 유용한 정보, 아름다운 글귀, 통찰력 있는 아이디어 같은 내용을 어딘가에 보관하고 있습니다. 우리가 창의적인 생각을 하기 힘든 까닭은 뇌 속의 이 기억 창고가 쉽게 활성화되지 않기 때문입니다. 아이디어가 떠올라야 할 상황에서 지식창고에 접근하는 게 매우 어렵습니다. 아이디어를 잘 내는 사람은 뇌 속의 정보를 순식간에 조합해 툭 하고 던지는 능력을 가진 겁니다.

낙담하지는 마십시오. 창의성을 기를 수 있는 방법이 하나 있습니다. 바로 앞서 언급한 **마구 쓰기**입니다. 마구 쓰기, 즉 **프리라이팅**Free Writing은 심연 속으로의 여행입니다. 우리 안에 있는 깊고 푸른 기억의 강과 생각의 호수로 접근하는 것입니다. 글쟁이는 잠수부가 되어 종종 이

심연 속으로 들어가야 합니다.

프랑스 소설가 베르나르 베르베르는 꿈을 기록하라고 합니다. 꿈은 내면의 깊은 곳에서 일어나는 무의식의 본질입니다. 앞에서 말한 내 안의 생각 호수로 접선하는 시간입니다. 꿈에서는 별의별 일이 다 일어나지요. 내 안의 정보가 섞여서 독특한 이야기를 만듭니다. 마치 하늘의 구름이 서로 뭉쳐 종종 희한한 그림을 연출하는 상황과 같다고 할까요. 꿈을 기록하는 일은 무의식의 문을 두드리는 일입니다.

제가 권하는 가장 좋은 방법은 아이디어에 대한 글을 매일 쓰라는 겁니다. '일일일상一日一想'입니다. 기본적인 글쓰기 훈련으로, 아이디어에 예민해질 수 있는 방편입니다. 직접 쓰는 과정에서 아이디어가 기억창고에 더 잘 보관됩니다. 최근 마음에 든 아이디어를 하나 소개합니다.

> 이제는 라이터에 밀려 쓸모없게 되어 버린 성냥. 이 사라져가는 유물이 기적적으로 되살아났다. 오이뮤라는 회사는 예쁘게 디자인한 새 성냥을 내놓아 히트를 쳤다. 언뜻 보면 외관이 성냥갑 같지 않은 모양이다. 또한 '성냥은 빨갛다'는 고정관념을 깼다. 성냥 머리를 검정, 파랑, 초록, 노랑, 흰색, 회색으로 바꾸었다. 길이도 예전 성냥 크기보다 길다.[35]

---

35 네이버 블로그(http://blog.naver.com/jobarajob/220930189849)

이제는 퇴물이 된 성냥을 다시금 화제의 무대 위에 올렸습니다. 꺼져가는 성냥의 불씨를 살린 셈이지요. 아이디어 상품부터 기발한 특허, 이색적인 비즈니스 등을 소개한 글을 매일 찾아 읽으십시오. 그런 다음 그와 관련한 글을 쓰십시오. 단순 기록도 좋고, 자신만의 생각을 덧붙이면 더 좋습니다. 매일 훈련하다 보면 머지않아 글쓰기 고수이자, 창의적인 인재가 돼 있을 겁니다.

봉사활동 – 남을 위한 뉴스 배달

글을 잘 쓰는 사람들은 모두 이야기꾼, 혹은 이야기 전달꾼입니다. 소설가 성석제가 그렇습니다. 그는 자전적 음식 에세이 『칼과 황홀』에서 울릉도 약소 이야기를 소개한 바 있습니다. 약소는 울릉도의 사방이 절벽으로 둘러싸인 고원 마을에서 특별한 풀을 먹고 자란 소를 말합니다. 성석제는 이 소고기를 '세상에서 다시 찾을 수 없는 맛, 한번 먹으면 정신을 차릴 수 없는 맛'으로 치켜세웁니다. 그는 책에서 약소 이야기를 "시와 소설에 써먹었다"라고 고백했습니다. 소설가도 뉴스 배달부인 셈이지요. 전 문화재청장 유홍준 교수도 뉴스에 대단히 민감한 촉을 지닌 사람입니다. 그의 저서 『나의 문화유산답사기』 6권에는 '인생도처유상수'란 부제목이 붙어 있습니다. 삶 곳곳에 숨어 있는 상

수(고수)들을 통해 깨달음을 얻는다는 뜻입니다. 책의 일화 가운데 하나는 경복궁의 아름다움에 대한 이야기입니다. 유 교수가 문화재청장으로 있을 때 일입니다. 그는 당시 경복궁 관리소장 박연근 씨를 만나 경복궁은 언제가 가장 아름답냐고 물었습니다. 박 소장의 답은 이랬습니다.

> "청장님, 비 오는 날 꼭 근정전으로 와 박석 마당을 보십시오. 특히 갑자기 비가 억수같이 쏟아지는 날 여기에 와보면 빗물이 박석 이음새를 따라 제 길을 찾아가는 그 동선이 얼마나 아름다운지 모릅니다. 물길은 마냥 구불구불해서 아무리 폭우가 쏟아져도 하수구로 급하게 몰리지 않습니다. 옛날 분들의 슬기를 우리는 못 당합니다."
>
> — 유홍준, 『나의 문화유산답사기 6』

경복궁은 비 올 때 가장 아름답다, 박석 때문에! 정말 멋진 뉴스 아닌가요. 책을 읽은 독자는 비 오는 날이면 당장 경복궁에 달려가고 싶을 겁니다. 경복궁에 간다면 그간 무심히 지나친 박석을 새로운 눈으로 바라보게 될 터이지요. 선조들의 지혜에 감탄하면서 말입니다.

요즘에는 소위 '찌라시'를 SNS로 주고받는 일이 흔합니다. 확인되지 않은 선정적인 가십을 퍼뜨리는 것보다, 흥미로운 뉴스거리를 직접 글로 써서 소개하는 쪽이 훨씬 생산적이지 않을까요? 출판평론가 표정훈은 한 신문에서 '책 속의 이야기'를 전하는 연재 기사를 씁니다. 대부분 책 속의 뉴스거리입니다. 그 가운데 하나를 소개하면 이렇습니다.

조선의 선비들은 유교 경서를 외우기 위해 경서통經書筒을 사용했다. 대나무를 가늘게 쪼개 경서 구절 몇 글자를 적은 막대기 수백 개를 담은 통이다. 막대기 하나를 뽑은 뒤 적힌 글자를 단서로 어떤 경서의 어느 부분인지 말하고, 이어질 전체 문장을 외우며 뜻을 풀이한다. 과거科擧 수험용 교보재였던 셈이다.[36]

남에게 선물하는 이야깃거리의 출처로는 책이 가장 좋습니다. 책 속의 뉴스를 발굴하고 전하다 보면 본인의 글에 쓸 만한 글감을 보는 눈도 길러지고, 지식도 확장됩니다. 흥미로운 '책 속의 지식' 하나를 소개합니다. 미국에는 어처구니없는 실수로 사망해 인류 진화에 이바지한 사람에게 주는 다윈상Darwin Award이 있습니다. 인간의 어리석음을 풍자하는 일종의 블랙코미디성 이벤트입니다. 그 수상 내역을 보면 안타까우면서도 웃음이 나옵니다.

1994년의 다윈상은 한 테러리스트에게 수여되었다. 그는 개봉하면 터지게 되어 있는 폭탄을 넣은 소포를 보내면서 우표를 충분히 붙이지 않았다. 소포는 집으로 반송되었고, 그는 소포를 뜯어보았다.
1996년 대상은 고층 빌딩 유리창의 견고함을 시험해 보고자 했던 토론토의 한 변호사에게 돌아갔다. 그는 힘차게 달려가 유리창에 몸을 부딪쳤고 24층 높이에서 추락했다.

---

36 표정훈, 「표정훈의 호모부커스 – 경서」, 《동아일보》, 2017년 2월 27일자

2001년 25세의 한 캐나다 남성은 쓰레기 하치장에서 쓰레기를 내리는 미끄럼틀을 타겠다고 친구들에게 제안했다. 그런데 그가 모르는 사실이 있었다. 12층 높이의 미끄럼틀을 통해 내려온 쓰레기는 자동 압착기 속으로 들어가게 되어 있었다.

— 베르나르 베르베르, 『상상력 사전』

명문 탐닉 – 감명 받은 문장 곱씹기

당신이 어느 날 어디에선가 '꽂히는' 문장을 만났다면 기뻐해야 합니다. 왜냐하면 문장이 당신을 말해 주니까요. 문장을 통해서 당신을 알 수 있습니다. 감성이 짙게 밴 문장에 꽂혔다면 당신은 문학적 감수성이 뛰어난 사람입니다. 어떤 문장이 웃음보를 터뜨렸고 그래서 잊지 못한다면 당신은 유머를 추구하는 사람입니다. 명쾌한 글에 반한다면 당신은 논리적인 사람일 확률이 큽니다. 겨울에 반드시 읽어야 할 소설 『스밀라의 눈에 대한 감각』에는 독특한 문장이 나옵니다. 책은 한 아이의 장례식 풍경으로부터 시작합니다. 얼어붙을 정도로 춥고 스산한 공동묘지입니다. 조문객들이 슬픔에 겨워 앙상한 고목처럼 떨고 있는 상황입니다.

> 이제 사람들은 슬픔이 검은 홍수처럼 그들을 덮치도록 놓아두었다가 그 속으로 잠수하여, 외부인이라면, 그린란드에서 자라나지 않은 사람이라면 이해하지 못할 방식으로 휩쓸려간다.
>
> — 페터 회, 『스밀라의 눈에 대한 감각』

슬픔이 밀려올 때 어떻게 하시나요? 그 와중에도 이성의 기제는 작동해 옷이 젖지 않도록 발을 빼지 않는가요? 그러나 그린란드에서는 다릅니다. 온 몸의 세포가 슬픔에 젖습니다. 슬픔에 대처하는 방식이 인상적입니다. 콜롬비아 작가 가브리엘 가르시아 마르케스(1927~2014)의 노벨문학상 수상작 『백년 동안의 고독』의 서두에 나오는 문장은 읽을 때마다 시원始原의 세계로 이끕니다.

> 그 무렵의 마콘도는 마치 선사시대의 괴수의 알과 같이 매끈매끈한 하얗고 큰 돌들이 깔려 있는 강바닥을 (……)
>
> — 가브리엘 가르시아 마르케스, 『백년 동안의 고독』

마콘도는 주인공의 마을 이름입니다. 강이나 바닷가에 가면 하얀색의 둥글고 매끈한 돌을 발견할 수 있습니다. 자연의 풍화작용이 만든 돌 속에는 수백만 년의 시간이 봉인되어 있습니다. 그런 점에서 선사시대 괴수의 알이란 비유가 딱 어울립니다. 하루키의 감성 표현도 좋습니다.

> 앨범을 펼쳐보니, 그녀가 들어가 있는 사진은 한 장도 남기지 않고 벗겨 내어져 있었다. 나와 그녀가 함께 찍은 사진은 그녀의 부분만이 정확히 도려내어져 있었다. 나 혼자 찍은 사진과 풍경, 동물을 찍은 사진은 그대로였다. 그렇게 세 권의 앨범에 수록되어 있는 것은 완벽하게 수정된 과거였다.
>
> — 무라카미 하루키, 『양을 쫓는 모험』

함께 살던 여자가 떠났습니다. 그녀는 자신의 것은 모두 가져갔습니다. 앨범을 펼치니 함께 찍은 사진에 가위질이 되어 있습니다. 남자 쪽은 그대로인데 여자 쪽은 사라졌습니다. 여자가 자신의 흔적을 가져간 셈입니다. 타임머신을 타지 않는 한, 과거를 바꿀 수 없습니다. 그런데 하루키의 세계에서는 가능합니다. 사진을 자름으로써 과거가 감쪽같이 지워진 것입니다. 이는 그렇게 표현했기에 가능해진 일! 과거를 바꾼 것은 가위질이 아니라 글 솜씨입니다. 문장은 맛있습니다. 다음 글은 얼마나 재미있는지요. 인간의 소유욕을 다룬 내용입니다.

> 물건을 소유하고 싶어 하는 인간의 욕망에는 끝이 없다. 특히 중요한 인물의 손길이 닿은 물건이면 가치가 크게 상승한다. 케네디의 집안에 있던 줄자를 4만8875달러에 구입한 사람은 맨해튼의 인테리어 디자이너 후안 몰리넥스였다. 그는 '줄자를 사고 맨 먼저 내가 제정신인지 재 보았다'고 말했다.
>
> — 폴 블룸, 『우리는 왜 빠져드는가?』

마음에 드는 문장을 만났다면 기억해야 합니다. 단지 읽는 것만으로는 부족합니다. 필사하고 활용해야 각인됩니다. 문정희 시인의 멋진 글 한 대목입니다.

> 하긴 가을은 어디를 건드려도 씨앗처럼 잘 여문 기억들이 터져 나와 반가운 인사를 하는 그런 계절이다.
>
> — 문정희, 『문학의 도끼로 내 삶을 깨워라』

이 문장을 어떻게 응용할까요? 만물이 샘물처럼 솟아나는 봄을 묘사하는 데 활용할 수 있지 않을까요?

> 하긴 봄은 사방 어디에 물을 주어도 꽃씨처럼 설렘을 머금은 사랑이 금세 활짝 필 것만 같은 그런 계절이다.

문장은 훌륭한 글쓰기 선생입니다. 깊은 감명을 받은 문장은 잘 잊히지 않습니다. 머리에 새긴 것은 쉽게 사라지지만 가슴에 새긴 것은 오래 갑니다. 무언가로부터 울림을 얻는 일이 중요합니다. 오스트리아 시인 라이너 마리아 릴케(1875~1926)의 『젊은 시인에게 보내는 편지』에 나오는 다음 대목은 쉬 잊기 힘듭니다.

당신에게 간청하는 바입니다. 부디 질문 그 자체를 사랑하려 노력하십시오. 지금 답변을 찾으려 들지는 말아야 합니다. 당신이 답변을 얻지 못하는 까닭은 당신이 그 '답변'에 따라 살 수 없기 때문입니다. 대신 '질문'에 따라 '살기' 바랍니다. 그러면 당신은 언젠가 먼 훗날에 살아가다가 답변과 마주할 날이 올 것입니다.

— 라이너 마리아 릴케, 『젊은 시인에게 보내는 편지』

이 말은 이렇게 이해할 수 있습니다. 인생에는 정답이 없습니다. 열심히 질문을 던지다 보면 답이 나오지요. 처음부터 답을 가지고 가면 삶의 또 다른 기회를 놓칠 수 있습니다. 치열하게 질문을 던지며 가야 답을 얻을 수 있습니다. 너새니얼 호손의 『큰 바위 얼굴』 이야기가 그렇습니다. 다른 사람들은 큰 바위 얼굴의 겉모습을 좇았습니다. 그러나 주인공은 그 내면의 정체성, 삶을 고민했고 그러는 사이 자신도 모르게 큰 바위 얼굴이 되었습니다. 그러므로 다음과 같이 말할 수 있습니다. 문장을 닮으려 노력하십시오. 그러면 언젠가 문장대로 살 것입니다. 아니, 당신이 문장이 될 것입니다.

쓸수록 자유롭다

"나는 무엇이든 글로 표현할 수 있다."

강의 때 수강생에게 이 문장을 소리 내어 외쳐 보라고 합니다. '무엇이든 글로 표현할 수 있다!' 외부세계에 대한 묘사와 내면의 생각을 글로 표현할 줄 아는 일은 성인의 기본 능력입니다. 그러나 어떤 이에겐 그 기본이 무척 어렵습니다. 글쓰기는 생각의 표현이지만, 글에서는 형식과 기술도 큰 부분을 차지합니다. 예를 들어 사실을 묘사하는 글은 생각의 영역이 아닙니다. 회화의 기본 기술인 데생처럼, 누구나 연습하면 웬만큼은 잘할 수 있습니다. 따라서 글쓰기 교육은 두 가지 측면이 모두 고려돼야 합니다. 사실을 서술하는 기술 향상과, 생각을 심화하는 사고 강화입니다.

저는 전작 『글쓰기 훈련소』와 『심플』에서 실용 글쓰기를 예술 글쓰기로부터 해방시키려 노력했습니다. 서로 추구하는 목적과 평가 기준이 다른 두 영역에 명확히 선을 그었습니다. 전작이 실용 글쓰기의 기본 뼈대를 제시했다면, 본 책은 실용 글쓰기라는 세계를 보다 풍요롭게 만들 것입니다. 나아가 저는 다음과 같은 환경이 구축된 '글쓰기 세계'를 꿈꿉니다.

- 학교에는 전문 작문 교사가 있다.
- 회사에는 글쓰기 숙련공, 즉 테크니컬 라이터Technical Writer가 있다.
- 시인, 소설가처럼 직업적인 문장 평론가가 있다.
- 글쓰기 동호회와 글쓰기 훈련 기관이 곳곳에 있다.

글쓰기가 어려운 이유는 체계적인 교육이 부재한 탓입니다. 제대로 글쓰기 교육을 받지 못한 채 성장한 어른들은 매일 글을 쓰면서 고통받습니다. 새로운 글쓰기 교육시스템이 구축돼야 합니다. '이오니아의 마법'이란 말이 있습니다. 전체를 통합하는 하나의 원리를 이르는 말입니다. 전작에서 예술 글쓰기와 실용 글쓰기를 분리시켰다고 말했지만, 한편으로는 끊임없이 통합을 시도했습니다. 작가의 예술적인 글쓰기와 기자의 논리적인 글쓰기, 아울러 연구자의 학술적인 글쓰기의 장점이 합쳐진 '세련된 글쓰기법'이 마련돼야 한다고 믿습니다. 결국 '모든 글쓰기는 하나'입니다.

글쓰기의 궁극적인 목표는 '자유'입니다

글쓰기는 감옥에 갇힌 영혼의 탈출구입니다. 글쓰기를 못하는 건 손발이 묶인 상황이나 다름없습니다. '진리가 너희를 자유롭게 하리라'는 격언은 '글쓰기가 너희를 자유롭게 하리라'로 바꿔 써도 무방할 것입니다. 니코스 카잔차키스(1883~1957)의 소설 『그리스인 조르바』에서 조르바는 삶의 자유를 찾아 나서라고 주인공에게 권하지만, 주인공은 용기가 없어 실천하지 못합니다. 그는 조르바의 외침을 귀 기울여 들었다면 인생은 훨씬 더 가치 있었으리라 자책하면서 그저 '그 목소리를 종이와 잉크로 붙잡으려 한다'고 한탄하며 글을 씁니다. 비록 조르바가 권한 방식대로 자유롭게 살지는 못했지만, 그의 목소리를 '썼기' 때문에 조르바의 말은 세상에 남겨지게 됩니다. 쓰는 일은 위대합니다. 주인공은 글쓰기를 통해 '다른 방식으로' 자유로워진 겁니다. 여러분의 인생이 글로 자유로워지는 데 이 책이 조금이나마 보탬이 되길 바랍니다.

부록

직장인을 위한 실전 기획서 사례

실전 기획서 ❶

그림 없는 그림 전시회

만성 적자에 시달리는 한 소규모 영세 미술관이 관람객을 유치해야 하는 문제에 직면했다. 이 과제를 해결할 기획과 기획서를 만들어 보자.

먼저 과제를 분석해야 한다. 일단 **정의**를 내려 보자. 미술관은 '그림을 전시하는 장소'라고 규정할 수 있다. 그러나 미술관에는 또 다른 정의도 있다. 어떤 사람에겐 예술을 감상하고 즐기는 공간이지만 일반인에게는 난해한 작품이 있는 문턱 높은 공간으로 인식된다.

미술관의 정의

- 예술 감상 공간
- 지적 유희 공간
- 영감 받는 장소
- 고상한 취미 교실
- 문턱 높은 공간
- 재미없는 곳

다음은 **문제점 분석**이다. 이 미술관이 직면한 이슈는 무엇인지 짚어 보는 일이다. 다음과 같은 문제점이 나왔다.

문제점 분석

- 미술관을 찾는 관람객이 점점 줄어들고 있다.
- 예산이 없어 사람들이 눈길을 끌 만한 좋은 작품을 전시할 수 없다.
- 홍보가 되지 않아 특별 전시를 해도 관람객이 오지 않는다.
- 미술관이 많아 경쟁이 치열해졌다.

언론이 화제 기사로 다룰 수 있는 이색 전시회가 개선안의 하나다. 브레인스토밍과 브레인라이팅을 통해 아이디어를 얻었다. 세상 어디에도 없는 '그림 없는 그림 전시회'다.

| 기획서 예시 |

영세한 우리 미술관 관람객 유치 방안
'그림 없는 그림 전시회'

개 요 우리 미술관은 한 때 꽤 유명했으나 최근 경쟁이 치열해지면서 관람객이 줄고 있다. 특별 전시를 하려 해도 예산이 없어 좋은 작품을 전시할 수 없다. 이에 '그림 없는 그림 전시회'라는 색다른 이벤트를 개최, 세간의 화제를 불러일으킴으로써 존재감을 알리고 미술관을 많이 찾도록 한다.

"당신이라면
이 빈 공간을 무엇으로 채우시겠습니까.
당신의 기발한 상상력을 요청합니다."

1. 기획 목적(Why)

1) 최소 투자, 최대 효과 : 예산이 없어 전시회를 하지 못하는 우리 미술관의 특성을 감안해 최소의 비용을 들여 최대의 효과를 낼 수 있는 전시회가 필요하다.

2) 화제를 모을 파격 이벤트 : 유명화가의 작품이 없는 상태에서 언론과 관람객의 이목을 끌 수 있는 파격적인 특별 이벤트로 돌파구를 마련한다.

3) 미술관 본연의 목적 달성 : 그림이 없는 액자 혹은 빈 공간을 관람객의 상상력으로 채우게 함으로써 미술관 본연의 목적을 구현한다.

4) 참여와 소통 공간 : 어린이부터 노인까지 누구나 부담 없이 찾아와 예술작업을 함께 하는 참여와 소통의 공간이 되도록 한다.

2. 현황 분석(Analysis)

1) 관객 감소 : 미술관을 찾는 관람객이 점점 줄어들고 있다.

2) 경쟁 증가 : 미술관 숫자가 증가해 경쟁이 치열해졌다.

3) 예산 부족 : 예산이 부족해 화제가 될 만한 유명 작품을 전시하기 힘들다.

4) 홍보 부족 : 특별 전시를 해도 관람객이 많이 오지 않는 등, 효과적인 홍보가 부족했다.

3. 기획 내용(What)

1) 전시할 작품

(1) 시중에서 쉽게 구할 수 있는 상품부터 유명 작품을 담았던 명품까지 다양한 액자를 전시한다.

(2) 전시장 공중에 각양각색의 액자를 대롱대롱 매달아 흡사 설치 미술작품 전시회처럼 꾸며 놓는다.

(3) 관람객이 그림을 그릴 수 있도록 전시장 벽이나 천정, 바닥에 여러 가지 형태의 도형을 그려 놓는다.

2) 전시 일정(생략)

4. 추진 전략(How)

1) 홍보

(1) 방문객들이 자신이 만든 작품을 촬영하여 사회관계망SNS에 올리게 함으로써 입소문 유도

(2) '그림 전시회에 그림이 없네?'라는, 호기심 부르는 카피를 앞세운 언론 보도자료 제작

(3) 교육청과 일선 학교에 아이들 창의성 향상 교육 명목으로 단체 관람 협조 공문 보내기

2) 마케팅(예상 비용은 생략, 실제 보고서에서는 기입해야 함)

(1) 미디어 광고 : 문화 예술 욕구 높은 수요층 공략해 라디오, 신문, 잡지 광고 집행

(2) 포털사이트 광고와 이벤트 : 노출 시 효과 높은 포털 사이트 메인 페이지에 광고 집행, 전시회 페이지로 유입 유도해 기대평 작성하면 당첨 통해 무료관람권 제공하는 이벤트 실시

(3) SNS 이벤트로 2030 젊은 고객층 관심 유도 : 인스타그램 인증샷 이벤트, 페이스북 후기 작성 이벤트 실시해 차기 전시 무료 관람권 제공

5. 기대 효과(Effect)

1) '세상에 하나 밖에 없는 전시회'를 통해 창의성이 반짝이는 유명한 미술관으로 부상

2) 전시기간 중 1만 여 명의 관람객을 유치함으로써 투입 비용 대비 10배 이상 매출 달성

3) 미술관이라는 한계를 뛰어넘어 창의성 교육기관, 상상력 학습의 명소로 자리매김

실전 기획서 ❷

한글 서명 공모전

이번에는 특정 아이디어와 그것을 실제 기획서로 만든 사례를 소개하겠습니다. '한글 서명 공모전' 기획서입니다. 우리는 모두 서명을 갖고 있습니다. 한글로든 영어로든 한자로든 말입니다. 이를 합쳐서 쓰는 경우도 있습니다. 요즘엔 은행거래나 계약서를 쓸 때 도장을 찍는 대신 서명을 적는 경우가 많습니다. 그런데 대개 서명은 젊을 때 만듭니다. 한번 만든 서명을 끝까지 사용합니다. 나중에 서명이 마음에 들지 않아도 관성적으로 사용합니다.

한 단체(혹은 기관)에서 한글날 이벤트로 서명 공모전을 계획했다고 가정하겠습니다. 우리 한글의 우수성을 널리 알리기 위해서입니다. 응모자는 자신의 기존 서명이나 새로운 서명을 만들어서 보내면 됩니다. 그 중 일정 기준에 맞는 서명을 뽑아 상금과 상품을 수여할 계획입니다. 다음은 한글 서명 공모전 기획서 예시입니다.

한글 서명 공모전
"예쁜 한글 이름 뽐내세요"

1. 기획 목적(Why)

1) 서명의 중요성 환기 : 서명은 자칫 무단도용 등의 범죄에 악용될 수 있음을 환기시키고, 중요한 비즈니스 거래수단임을 젊은 층에 각인시킴
2) 한글의 아름다움 전파 : 우리말을 여러 형태로 조합해서 만든 서명이 예술작품이 될 수 있음을 보여줌으로써 한글의 아름다움 전파
3) 이름의 재발견 : 서명이 한 개인의 정체성을 드러내는 표식임을 새롭게 알림으로써 고유한 이름이 갖는 의미의 재발견

2. 현황 분석(Analysis)

1) 젊은 층의 서명은 한글 이름을 흘려 쓰는 수준이 대부분이며 의미도 없고 디자인도 조악함
2) 중장년층은 대부분 중학교 때 만든 서명을 사용하고 있음
3) 설문 응답자의 90%가 '서명이 마음에 들지 않지만 어쩔 수 없이 사용한다'고 응답

3. 기획 내용(What)

1) 공모전 제목 : 아름다운 우리말 서명 공모전

2) 응모 일정 및 방법, 시상 내역(생략)

3) 평가 기준

(1) 조형미 : 도안으로서의 아름다움

(2) 의미 함축성 : 사인에 특별한 의미가 있는지 여부

(3) 개성 : 차별화된 독특한 개성

※ 응모자격 : 대한민국 국민 누구나

4. 추진 전략(How)

1) SNS 및 유명 포털사이트를 통한 온라인 홍보 및 한글날 이색 이벤트 사례로 언론 관심 유도

2) 국어, 디자인, 광고 등 관련 분야 유명 인사들을 심사위원으로 초빙하여 공모전의 신뢰성과 전문성 제고

3) 공모전과 더불어 새로운 서명을 디자인해 주는 컨설팅 서비스를 병행함으로써 대중적 관심 확대

5. 기대 효과(Effect)

1) 한글 서명 공모전을 계기로 기존 서명을 새 서명으로 바꾼 사례 확대(약 1백만 건 예상)

2) 한자나 영어 서명을 한글 서명으로 대체하고, 아름다운 한글 서명의 예를 보여줌으로써 한글 홍보에 기여
3) 미적 감각이 뛰어나고 의미까지 부여된, 개성 있는 서명 확산으로 무단도용 범죄 예방에 획기적 전기 마련

| 참고 도서 |

앙리 프레데릭 아미엘, 『아미엘의 일기』, 바움, 2004

주제 사라마구, 『눈 먼 자들의 도시』, 해냄, 2002

에릭 오르세나, 『두 해 여름』, 열린책들, 2004

로버트 루트번스타인 · 미셸 루트번스타인, 『생각의 탄생』, 에코의서재, 2007

김욱동, 『번역의 미로』, 글항아리, 2011

김철호, 「번역문을 어떻게 다듬을 것인가」, 《기획회의》 202호, 2007

백창현, 「실종자 업무처리와 수사의 현황 및 개선방안」, 《한국 공안행정학회보》 21호, 2005

최재천 외, 『글쓰기의 최소원칙』, 룩스문디, 2008

김철우 외, 「해외파병의 전략적 접근 및 역할 확대 방안 연구」, 《한국 국방연구원 연구보고서 초록집》, 2015

임정섭, 『심플』, 다산초당, 2015

진중권, 『생각의 지도』, 천년의 상상, 2012

마이클 폴란, 『욕망하는 식물』, 황소자리, 2007

댄 쾨펠, 『바나나 : 세계를 바꾼 과일의 운명』, 이마고, 2010

이선영, 『천 년의 침묵』, 김영사, 2010

오소희, 『안아라, 내일은 없는 것처럼』, 북하우스, 2013

장석주, 『불면의 등불이 너를 인도한다』, 현암사, 2015

복거일, 『비명을 찾아서』, 문학과지성사, 1987

이은화, 『자연미술관을 걷다 : 예술과 자연, 건축이 하나된 라인강 미술관 12곳』, 아트북스, 2014

틸만 뢰리히, 『카라바조의 비밀』, 레드박스, 2011

김소영, 『예술감상 초보자가 가장 알고 싶은 67가지』, 소울메이트, 2013
조성희, 『어둠의 딸, 태양 앞에 서다』, 스타리치북스, 2014
알베르토 망구엘, 『밤의 도서관』, 세종서적, 2011
데이비드 조지 해스컬, 『숲에서 우주를 보다』, 에이도스, 2014
『클래식 보물창고』, 보물창고
장승욱, 『도사리와 말모이, 우리말의 모든 것』, 하늘연못, 2010
박남일, 『우리말 풀이 사전』, 서해문집, 2004
양용기, 『건축, 인문의 집을 짓다』, 한국문학사, 2014
김중혁, 『메이드 인 공장』, 한겨레출판, 2014
성석제, 『칼과 황홀』, 문학동네, 2011
유홍준, 『나의 문화유산답사기 6』, 창비, 2011
베르나르 베르베르, 『상상력 사전』, 열린책들, 2011
페터 회, 『스밀라의 눈에 대한 감각』, 마음산책, 2005
가브리엘 가르시아 마르케스, 『백년 동안의 고독』, 육문사, 1989
무라카미 하루키, 『양을 쫓는 모험』, 문학사상사, 1995
폴 블룸, 『우리는 왜 빠져드는가?』, 살림출판사, 2011
문정희, 『문학의 도끼로 내 삶을 깨워라』, 다산책방, 2012
라이너 마리아 릴케, 『젊은 시인에게 보내는 편지』, 소담출판사, 1993

임정섭의 글쓰기 훈련소
내 문장이 그렇게 유치한가요?

초판 1쇄 발행 2017년 10월 13일
초판 4쇄 발행 2020년 2월 28일

지은이 임정섭
펴낸이 김선식

경영총괄 김은영
콘텐츠개발4팀장 윤성훈 **콘텐츠개발4팀** 황정민, 임경진, 김대한, 임소연 **책임마케터** 박태준
마케팅본부장 이주화
채널마케팅팀 최혜령, 권장규, 이고은, 박태준, 박지수, 기명리
미디어홍보팀 정명찬, 최두영, 허지호, 김은지, 박재연, 배시영
저작권팀 한승빈, 이시은
경영관리본부 허대우, 하미선, 박상민, 윤이경, 권송이, 김재경, 최완규, 이우철

펴낸곳 다산북스 **출판등록** 2005년 12월 23일 제313-2005-00277호
주소 경기도 파주시 회동길 357, 3층
전화 02-702-1724
팩스 02-703-2219 **이메일** dasanbooks@dasanbooks.com
홈페이지 www.dasanbooks.com **블로그** blog.naver.com/dasan_books
종이 한솔피앤에스 **인쇄** 민언프린텍 **제본** 정문바인텍 **후가공** 평창P&G

ISBN 979-11-306-1447-2 (03800)

• 책값은 뒤표지에 있습니다.
• 파본은 구입하신 서점에서 교환해드립니다.

• 이 도서의 국립중앙도서관 출판시도서목록(CIP)은 서지정보유통지원시스템 홈페이지(http://seoji.nl.go.kr)와 국가자료공동목록시스템(http://www.nl.go.kr/kolisnet)에서 이용하실 수 있습니다. (CIP제어번호 : 2017024832)